新版前言

我们编写本书的目的,是以中学语文教材中所涉及的文学作品为基础,为中学生也为社会上的一般读者提供跟"文学"有关的一些基本概念和常见知识。

本书自1997年发行以来,受到广大中学师生的欢迎,先后重印了四十次。不少学校高二、高三学生人手一册,这是我们始料不及的。欣慰之余,我们对本书的质量更为关注。虽然是本普及性小册子,但我们还是花很多时间查阅了各种资料,力求准确无误。本书不是学术专著,对入选的作家作品不作深入考证,评价则取公认的说法。

近十多年来,作家情况有不少变化。为此,我们对书中部分条目作了修改,同时增补了一些新的条目,使本书的资料性更强,也更具实用价值。

尽管如此,本书不妥之处仍恐难免,敬请阅读本书的广大师生和有关专家批评指正,以使本书日臻完善。

喻旭初

2022年春于金陵中学

全国优秀畅销书

文学常识精讲

（增订本）

喻旭初 主编

简紫鋆 卢惠红 于树华 喻旭初 撰稿

凤凰出版社

图书在版编目（CIP）数据

文学常识精讲 / 喻旭初主编. -- 增订本. -- 南京：凤凰出版社, 2022.7（2025.9重印）
ISBN 978-7-5506-3689-7

Ⅰ.①文… Ⅱ.①喻… Ⅲ.①文学－青少年读物 Ⅳ.①I-49

中国版本图书馆CIP数据核字(2022)第090911号

书　　　名	文学常识精讲(增订本)
主　　编	喻旭初
责 任 编 辑	尤丹丹
装 帧 设 计	陈贵子
出 版 发 行	凤凰出版社(原江苏古籍出版社) 发行部电话 025-83223462
出版社地址	江苏省南京市中央路165号,邮编:210009
照　　　排	南京凯建文化发展有限公司
印　　　刷	苏州市越洋印刷有限公司 江苏省苏州市吴中区南官渡路20号,邮编:215104
开　　　本	787毫米×1092毫米　1/32
印　　　张	7.25
字　　　数	92千字
版　　　次	2022年7月第1版
印　　　次	2025年9月第3次印刷
标 准 书 号	ISBN 978-7-5506-3689-7
定　　　价	24.00元

(本书凡印装错误可向承印厂调换,电话:0512-68180638)

目 录

一、中国文学 …………………………… (001)

(一) 古代文学 …………………………… (001)

1. 作　家 ………………………………… (001)

2. 作　品 ………………………………… (050)

3. 流派与并称 …………………………… (064)

(二) 现代文学 …………………………… (068)

1. 作　家 ………………………………… (068)

2. 作　品 ………………………………… (122)

3. 流派与社团 …………………………… (131)

(三) 中国文学之最 ……………………… (135)

1. 诗　歌 ………………………………… (135)

2. 戏　剧 ………………………………… (136)

3. 小　说 ………………………………… (136)

4. 散　文 ………………………………… (138)

二、外国文学 …………………………（139）
1. 作　家 …………………………（139）
2. 作　品 …………………………（190）
3. 并称、特称 ……………………（207）
4. 外国文学之最 …………………（209）
三、文学体裁、创作方法及流派
…………………………………（214）

一、中国文学

（一）古代文学

1. 作　　家

【孔子】(前551—前479)名丘,字仲尼,春秋时鲁国陬邑(今山东曲阜东南)人。古代著名思想家、教育家,儒家学派创始人。相传其弟子三千,贤者七十二人。《论语》是记载孔子及其弟子言行的语录体散文专集,儒家经典之一。选入课本的有《论语六则》《论语十二章》《子路、曾皙、冉有、公西华侍坐》《季氏将伐颛臾》等。

【孙子】生卒年不详。名武,字长卿,春秋末期齐国人。著名军事家。以兵法求见吴王阖闾,被任为将,率吴军攻破楚国。所撰《孙子》,亦称《孙子兵法》《吴孙子兵法》,是中国最早的军事名著,历来被称为"兵经"。《谋攻》一文被选入语文读本。

【墨子】(约前468—前376)名翟,相传原为宋国人,长期住在鲁国。战国初期思想家、政治家、教育家,墨家学派创始人。他弟子众多,在当时思想界影响很大,创立的墨家与儒家并称"显学"。《墨子》是墨家学派的著作总汇,虽保留记录言行的形式,但大体已是初具规模的论说文。选入课本的有《公输》《兼爱》。

【孟子】(约前372—前289)名轲,字子舆,战国时邹(今山东邹城东南)人。著名的思想家、政治家、教育家,孔子之后的儒家大师,后世称为"亚圣"。他维护和发展了儒家思想,提出了系统的"仁政"学说和"性善"论观点,其理论体系对宋儒影响很大。《孟子》记载了孟子的言行,是先秦极富特色的散文专集,文章气势充沛,逻辑严密,善于雄辩,长于譬喻,对后世韩愈、柳宗元、苏轼等人的散文有很大的影响。选入课本的有《得道多助,失道寡助》《生于忧患,死于安乐》《鱼我所欲也》《寡人之于国也》《齐桓晋文之事》《庄暴见孟子》《富贵不能淫》《人皆有不忍人之心》《学弈》等。

【庄子】(约前369—前286)名周,战国中期宋国蒙(今河南商丘东北)人。和老子同为道家学派创始人,世称"老庄"。他具有朴素的辩证法思想,但又宣扬虚无主义和宿命论。他愤世嫉俗、鄙视富贵利禄,揭露统治者宣扬的"仁义"的虚伪,对后世产生了一定的积极影响。庄子及其后学所著《庄子》一书,唐代以后又称《南华经》,是道家经典之一。其文想象丰富,言辞瑰奇,具有浓厚的浪漫主义风格。他创作的许多寓言故事,如《螳臂当车》《东施效颦》《匠石运斤》等至今为人称引。选入课本的有《庖丁解牛》、《秋水》(节选)、《逍遥游》(节选)。

【屈原】(约前340—约前278)名平,字原;又自称名正则,字灵均,战国时楚人。我国最早的伟大诗人。曾任左徒、三闾大夫等职,后遭谗被逐,因不忍国家沦亡,深感政治理想无法实现而投汨罗江自杀。他在楚国民歌基础上创造了"楚辞"这一新诗体,开创了我国诗歌的浪漫主义风格。他的代表作有《离骚》《天问》《九歌》《九章》等,其中,《离骚》是我国古代最长的一首政治抒情诗。《离骚》(节选)被选入课本。

【荀子】(约前313—前238)名况,战国末期赵国人。著名思想家、文学家,时人尊称"荀卿"。曾三次出任齐国稷下学宫的祭酒,后为楚兰陵令。韩非和李斯都是他的学生。他虽然继承了孔子学说,但又能扬弃其消极部分,并批判吸收各学派的思想学说,成为先秦朴素唯物主义思想的代表。《荀子》一书共32篇,其中26篇为荀子所著,末6篇或许为其门人弟子所记。《劝学》(节选)被选入课本。

【韩非】(约前280—前233)战国末期韩国人。著名思想家,法家学派的主要代表人物。曾屡次进谏韩王,要求变革,均未被采纳。后得秦王嬴政赏识,入秦任客卿,不久由于李斯等人嫉妒,遭谗下狱,被迫自杀。《韩非子》一书为后人搜集其遗著并加入他人论述韩非的文章而编成,是集先秦法家学说之大成的著作。书中许多寓言故事如《守株待兔》《郑人买履》《自相矛盾》等历来为人们所喜爱、传诵。选入课本的有《扁鹊见蔡桓公》、《五蠹》(节选)、《难一》(节选)。

【列子】即列御寇,或作圄寇、圉寇,战国时郑人,生卒年不可考。所著《列子》一书早已散佚,现存《列子》可能是晋人托名编写而成。书中神话传说、寓言故事非常丰富,文学价值颇高,如《纪昌学射》《歧路亡羊》《齐人攫金》等都很有教育意义。选入课本的有《愚公移山》《杞人忧天》《两小儿辩日》。

【贾谊】(前200—前168)洛阳(今河南洛阳)人。西汉杰出政论家、辞赋家。18岁即有才名,20余岁便被汉文帝召为博士,因遭权贵排斥,被贬为长沙王太傅,故世称"贾长沙""贾太傅"。贾谊才高寿短,死时年仅33岁,有《贾长沙集》和《贾子新书》传于世。他创作的《吊屈原赋》和《鵩鸟赋》是传诵千古的文学名篇。他的政论文继承了先秦诸子散文的优秀传统,颇具纵横家的气派,其代表作品《过秦论》一文被选入课本。

【司马迁】(约前145—?)字子长,夏阳(今陕西韩城南)人。西汉著名史学家、文学家。少时博览群书,20岁时开始漫游全国各地,考察风俗,采集史料,后历经数十年艰苦工作,写出了我国第一部纪传体通史《史记》(又称《太史公书》)。《史记》记述传说中的黄帝至汉武帝时期近三千年的历史,全书有十二本纪、十表、八书、三十世家、七十列传,以人物为主体编撰。"本纪"按年代记叙帝王言行和政绩;"表"按年代谱列各时期重大事件;"书"记录各种典章制度的沿革;"世家"记叙诸侯国的兴衰和杰出人物的业绩;"列传"记叙各类名人的生平和事迹。《史记》对后世的史学、文学均产生了十分深远的影响,被鲁迅誉为"史家之绝唱,无韵之离骚"。选入课本的有《陈涉世家》《鸿门宴》《屈原列传》《周亚夫军细柳》等。

【刘向】(约前77—前6)本名更生,字子政,沛郡丰邑(今江苏徐州)人。西汉经学家、目录学家、文学家。所撰《别录》为我国目录学之祖,著作有《新序》《说苑》《列女传》等。

【王充】(27—约97)字仲任,会稽上虞(今浙江绍兴)人。东汉思想家、文学理论家。青年时曾师事历史学家班彪。历30年而著成《论衡》一书,书中吸收了古代天文、医学等领域的科学成果,尖锐批判了当时盛行的谶纬神学和其他陈腐的传统思想,并大胆反对把儒家经典变成教条。此书是我国古代一部哲学、科学和文学理论的巨著。《订鬼》被选入课本。

【班固】(32—92)字孟坚,扶风安陵(今陕西咸阳东北)人。东汉杰出史学家、文学家。著名学者班彪之子。初继父业续写《史记后传》,后在此基础上另立体系,历20余年写成《汉书》,其中的"表"和"天文志"是其妹班昭和同郡人马续补作。该书是我国第一部纪传体断代史,与《史记》《后汉书》《三国志》一起并称为"前四史"。《苏武传》被选入课本。

【张衡】(78—139)字平子,南阳西鄂(今河南南阳境内)人。东汉著名科学家、文学家。代表作有《二京赋》《归田赋》《同声歌》《四愁诗》等。《二京赋》铺写京都景象;《归田赋》表现归隐田园、不追随时俗的情怀;《同声歌》与《四愁诗》在古代五、七言诗发展史上有一定的地位。

【蔡琰】生卒年不详。字文姬,蔡邕之女。陈留圉(今河南杞县南)人。东汉末年著名女诗人。曾居南匈奴12年,后被曹操以金璧赎归。其五言《悲愤诗》是我国古代优秀叙事诗之一,相传《胡笳十八拍》也是她的作品。

【曹操】(155—220)即魏武帝,字孟德,小名阿瞒,沛国谯县(今安徽亳州)人。三国时杰出的政治家、军事家和诗人,"建安文学"的开创者。其诗气魄宏伟、慷慨悲壮,鲜明地代表了"建安风骨"的特色。现存乐府诗20余首,《蒿里行》《薤露行》被誉为"汉末实录",表现"烈士暮年、壮心不已"精神的《龟虽寿》至今传诵不绝。选入课本的有《龟虽寿》《短歌行》《观沧海》。

【王粲】(177—217)字仲宣,山阳高平(今山东邹城西南)人。汉末文学家。先依刘表,未被重用,后归曹操,官至侍中。他以诗赋见长,多悲凉情调,为"建安七子"之一,与曹植并称"曹王"。明人辑有《王侍中集》。代表作《登楼赋》被选入语文读本。

【诸葛亮】(181—234)字孔明,阳都(今山东沂南境内)人。三国时期卓越的政治家、军事家。曾隐居隆中(今湖北襄阳西),时人称为

"卧龙",刘备"三顾茅庐"后出山助刘建立蜀汉。其忠于刘备、感恩图报的感情集中体现在《出师表》中,此文被选入课本,另有《诫子书》也被选入。

【曹丕】(187—226)即魏文帝,字子桓,沛国谯县(今安徽亳州)人。三国魏文学家。曹操次子,曹操死后袭位为魏王,不久代汉称帝。其诗歌偏重抒情,文辞华美;散文情感真切,文笔畅达。所作《典论·论文》是我国文学批评史上第一篇文学专论,《燕歌行》是我国现存最早的完整的七言诗。有《魏文帝集》传世。《与吴质书》一文被选入语文读本。

【曹植】(192—232)字子建,沛国谯县(今安徽亳州)人。三国魏诗人。封陈王,谥思,世称"陈思王"。少有异才,颇得曹操宠爱,一度欲立其为太子。及曹丕、曹叡相继为帝,遭受猜忌,郁郁而终。其诗以五言为主,其赋风格婉丽。后人辑有《曹子建集》。选入课本的有《白马篇》《梁甫行》。

【李密】(224—287)字令伯,犍为武阳(今四川彭山)人。西晋文学家。父早亡,母改嫁,与祖母刘氏相依为命。曾仕蜀为郎官。晋武帝时征为太子洗马。他以祖母无人奉养，上《陈情表》，辞不就职。祖母死后，出任河内温县令，有政绩，官至汉中太守，后因赋诗获罪免官，卒于家。《陈情表》一文是他的代表作，被选入课本。

【陈寿】(233—297)字承祚，安汉(今四川南充境内)人。西晋著名史学家。所撰《三国志》是一部纪传体国别史，分国记载了东汉末年至东吴灭亡约110年的历史，条理清晰，简约生动，体例也有创新，不设"表""志"，对后世的史学、文学均有很大影响。《隆中对》被选入课本。

【干宝】(？—336)字令升，新蔡(今河南新蔡)人。东晋史学家、文学家。著《晋纪》，时称良史，今已佚。所著《搜神记》是魏晋志怪小说代表作，也已散佚，今本系后人从《太平御览》等书辑录而成。书中大多讲述神怪灵异的传说，但也保存了不少民间世俗故事。《干将莫邪》《李寄斩蛇》《韩凭夫妇》《吴王小女》都是流传的名篇。《宋定伯捉鬼》被选入课本。

【王羲之】(321—379,一作303—361)字逸少,琅玡临沂(今属山东)人,居会稽山阴(今浙江绍兴)。东晋书法家。出身世家大族,爱好自然山水,长于文辞,尤精书法,世称"书圣",与儿子王献之并称"二王"。官至右军将军、会稽内史,人称"王右军"。晚年称病去官,不复出仕。后人辑有《王右军集》。《兰亭集序》是他的代表作,被选入课本。

【陶渊明】(约365—427)一名潜,字元亮,自号五柳先生,私谥"靖节",浔阳柴桑(今江西九江)人。东晋诗人。青年时代即有建功立业的抱负,然性爱自由,不屈己从俗,曾几次出仕,又旋即辞官归隐。诗文辞赋皆长,以平淡自然、精炼质朴的艺术特色著称。他是我国文学史上第一位田园诗人。《归园田居》《饮酒》和《桃花源记》《归去来兮辞》都是传世名篇,被选入课本。

【范晔】(398—445)字蔚宗,顺阳(今河南淅川东南)人。南朝宋史学家、文学家。他少年好学,博涉经史,好为文章,官至太子詹事,后因事被杀。所撰《后汉书》是一部纪传体东汉史,共 90 卷,首创《列女传》和《文苑列传》,对后世史学影响很大。《张衡传》被选入课本。

【刘义庆】(403—444)字季伯,祖籍彭城(今江苏徐州),后迁居丹徒之京口(今江苏镇江)。南朝宋文学家。其父是宋武帝刘裕的二弟,将其过继给临川王刘道规。爱好文学,招纳文士,所撰《世说新语》,在古小说中自成一体,细致深刻地表现了魏晋时期人的思想风貌,鲁迅称它"记言则玄远冷隽,记行则高简瑰奇"。《周处》《陈太丘与友期行》《咏雪》《王戎不取道旁李》等被选入课本。

【丘迟】(464—508)字希范,吴兴乌程(今浙江湖州)人。南朝梁文学家。初仕齐,任殿中郎。后入梁,任司空从事中郎。诗赋文章皆善,后人辑有《丘司空集》。所作《与陈伯之书》以骈体铺写,为世所称,曾被选入语文读本。

【刘勰】(约 465—约 532)字彦和,原籍莒县(今山东莒县),世居京口(今江苏镇江)。南朝齐梁间杰出的文学理论家。曾任东宫通事舍人,遂有"刘舍人"之称。晚年出家为僧,法号慧地。所撰《文心雕龙》,是我国古代第一部完整的文学理论著作,全书50篇,包括总论、文体论、创作论、批评论四个主要部分。该书对后世文学批评家深有影响。

【锺嵘】(约468—约518)字仲伟,颍川长社(今河南长葛东)人。南朝梁文学批评家。所著《诗品》,品评汉至梁共122位诗人,反对形式主义文风,是我国古代第一部诗评专著。

【吴均】(469—520)字叔庠,吴兴故鄣(今浙江安吉)人。南朝梁文学家。好学有俊才,散文以写景见长,文体清拔,时人或仿效之,称为"吴均体"。著作有《吴朝请集》和志怪小说《续齐谐记》。其山水小品佳作《与朱元思书》被选入课本。

【郦道元】(?—527)字善长,范阳涿县(今河北涿州)人。北魏地理学家、散文家。一生好学,历览群书,所著《水经注》40卷,是一部富有文学价值的地理学巨著。此书名为注释《水经》,实际是以《水经》为纲,作了20倍于原书的补充,所引书籍437种。书中描绘祖国壮丽山河,生动记载了许多神话传说和乡土风情,对后人写作山水游记影响颇深。《三峡》一文最为脍炙人口,被选入课本。

【萧统】(501—531)字德施,南兰陵(今江苏常州西北)人。南朝梁文学家。梁武帝长子,未即位而卒,谥昭明,世称"昭明太子"。博览群书,藏书3万余卷,引纳文人学士,编集《文选》,又称《昭明文选》,是我国现存最早的一部诗文选集,隋唐以后文人视之为文学教科书,宋代民间也有"文选烂,秀才半"之谚。

【颜之推】(531—约590)字介,琅玡临沂(今山东临沂)人。北齐文学家。所著《颜氏家训》,以传统儒家思想教育子弟,叙述自己历世经验和对社会事物的看法,语言平易,是一部影响广泛而深远的著作。

【魏徵】(580—643)字玄成,巨鹿曲城(今河北巨鹿)人。唐代著名政治家。敢于犯颜直谏,曾向唐太宗陈谏200余事。主持齐、梁、陈、周、隋诸史的编撰,并曾主持《群书治要》的编写。《谏太宗十思疏》被选入课本。

【王勃】(650—676)字子安,绛州龙门(今山西河津)人。唐代初年著名文学家。少时即才华横溢,年十六,应举及第,在文坛与杨炯、卢照邻、骆宾王齐名,世称"初唐四杰"。他的诗能突破宫体诗的束缚,开拓诗歌题材的新领域;其文以《滕王阁序》最为著名,文中"落霞与孤鹜齐飞,秋水共长天一色"成为后世传诵的名句。有《王子安集》。《送杜少府之任蜀州》被选入课本。

【贺知章】(659—744)字季真,自号四明狂客,越州永兴(今浙江萧山)人。唐代著名诗人。少时以文词知名,性格豪放开朗,后应举而为进士,官至秘书监,晚年归隐镜湖。与张若虚、张旭、包融齐名,号"吴中四士"。又与李白友善,推尊李白为"谪仙人"。工书法,擅长草书和隶书。他的诗清新通俗,长于写景抒情,其绝句尤具特色。《回乡偶书》被选入课本。

【王之涣】(688—742)字季凌,并州晋阳(今山西太原)人。唐代著名诗人。性格豪放,常击剑悲歌。其诗多被当时乐工制曲歌唱,名动一时。常与高适、王昌龄等唱和,皆以描写边塞风光著称。诗大多失传,仅存6首,但这6首绝句都是精品,奠定了王之涣在盛唐诗坛的地位。尤其是《凉州词》《登鹳雀楼》2首,悲凉壮阔,沉雄无比,被选入课本。

【孟浩然】(689—740)襄州襄阳(今湖北襄阳)人。唐代著名诗人。他一生大部分时间在故乡的隐逸生活中度过,或在吴、越、湘、闽等地漫游。他是唐代第一个大量创作山水诗的诗人,与王维齐名,都是唐代山水田园诗派的代表,并称"王孟"。他的诗主要反映隐居生活情趣,或摹写旅途的风光景物,风格清新淡雅。有《孟浩然集》。代表作《过故人庄》《宿建德江》等被选入课本。

【王昌龄】(约698—约756)字少伯,京兆万年(今陕西西安)人。唐代著名诗人。曾任江宁丞、龙标尉,故有"王江宁""王龙标"之称。以边塞诗名世,长于七绝。选入课本的有《出塞》《芙蓉楼送辛渐》《从军行》。

【王维】(699—761)字摩诘,蒲州(今山西永济西)人。唐代著名诗人。曾任尚书右丞,故世称"王右丞"。王维是一个多才多艺的艺术家,在诗、画、音乐等方面均有很高成就。早年曾奉使出塞,诗歌多写边塞风光,后期则多咏田园隐居生活。苏轼称赞他"诗中有画""画中有诗"。有《王右丞集》。选入课本的有《送元二使安西》《山居秋暝》《竹里馆》等。

【高适】(约700—765)字达夫,渤海蓨(今河北景县)人。唐代著名边塞诗人。曾任散骑常侍,故有"高常侍"之称。其诗意境雄浑,情调苍凉,与岑参并称"高岑"。明人辑有《高常侍集》。《燕歌行》被选入课本。

【李白】(701—762)字太白,号青莲居士,自称祖籍陇西成纪(今甘肃静宁西南)。唐代伟大的浪漫主义诗人,有"诗仙"之称。少时即显露才华,博学广览,吟诗作赋,并好行侠。自20岁起便漫游各地。天宝初,供奉翰林,因蔑视权贵而遭谗去职。后在洛阳结识杜甫。天宝末年,安禄山叛乱,李白应诏,成为永王李璘幕僚,后因璘败牵累,被流放夜郎,赦后漂泊,死于当涂。其诗雄奇豪迈,想象丰富,感情炽烈,音调高昂。有《李太白集》。《望天门山》《望庐山瀑布》《行路难》《梦游天姥吟留别》等多首诗被选入课本。

【杜甫】(712—770)字子美,自称"少陵野老",世称"杜少陵",巩县(今河南巩义)人。唐代伟大的现实主义诗人,他和李白分别代表着唐诗的两座高峰。少时即有宏大抱负,刻苦读书,历经10年漫游,在洛阳与李白相识,结为挚友。安史乱中,陷于长安,脱身赴行在凤翔,任左拾遗,故世称"杜拾遗"。后流亡四川,曾被聘为检校工部员外郎,人称"杜工部"。晚年携家出蜀,病死湘江舟中。他一生坎坷,故其诗广泛深刻地反映了当时的社会现实,并被称为"诗史",杜甫也因此被尊称为"诗圣"。其诗风格多样,但以沉郁为主;众体兼备,而以古体、律诗见长;语言精练而具表现力。《兵车行》、《春望》、《自京赴奉先县咏怀五百字》、《羌村》、"三吏"、"三别"等都是脍炙人口的名篇。宋人编有《杜工部集》。《石壕吏》《春夜喜雨》《春望》《登高》《茅屋为秋风所破歌》等被选入课本。

【岑参】(约715—770)南阳(今河南南阳)人。唐代著名诗人。官至嘉州刺史,有"岑嘉州"之称。诗以七言见长,风格奇峻壮阔,雄豪奔放,是唐代边塞诗派的代表,与高适并称"高岑"。有《岑嘉州集》。《白雪歌送武判官归京》《逢入京使》《行军九日思长安故园》被选入课本。

【张继】生卒年不详。字懿孙,襄州(今湖北襄阳)人。唐代诗人。官至检校祠部员外郎,有"张祠部"之称。其诗多为旅游题咏,诗风爽利激越,不事雕琢。《枫桥夜泊》是至今传诵不衰的名作。

【张志和】生卒年不详。字子同,金华(今浙江金华)人。唐代诗人。肃宗时曾待诏翰林,因事被贬,遇赦后隐居江湖,自号烟波钓徒、玄真子。能书善画,长于音乐。他创制了《渔歌子》词牌词调,现存5首,其中一首被选入课本。

【孟郊】(751—814)字东野,湖州武康(今浙江德清)人。唐代著名诗人。年近50岁,始举进士,故写下"春风得意马蹄疾,一日看尽长安花"的名句。诗以五言古诗为主,《游子吟》为传世名篇。因作诗刻意苦吟,好奇险,与贾岛齐名,有"郊寒岛瘦"之称;又因积极支持韩愈的文学主张,有"孟诗韩笔"之誉。

【韩愈】(768—824)字退之,河阳(今河南孟州)人;自谓郡望昌黎(治今辽宁义县),世称"韩昌黎";谥文,又称"韩文公"。唐代著名文学家。自幼刻苦好学,尽通六经百家。政治上反对藩镇割据,维护中央集权,关心民生疾苦,反对官吏聚敛;思想上尊儒排佛,宣扬孔孟之道;文学上提出"文以载道"的观点,与柳宗元同是古文运动倡导者,被列于"唐宋八大家"之首。其文论证严密,气势磅礴。其诗力求新奇,摒弃陈言,对宋诗有很大影响。有《昌黎先生集》。《马说》《师说》等被选入课本。

【李公佐】(770?—850?)字颛蒙,唐代陇西(今属甘肃)人。生平事迹不详。所作《南柯太守传》是中唐时期传奇名篇之一,被选入语文读本。

【李朝威】生卒年不详,唐代陇西(今属甘肃)人。所作《柳毅传》是唐代传奇小说名篇之一,故事曲折,人物性格鲜明,语言精炼、朴素,浪漫主义色彩浓厚,曾被选入课本。

【刘禹锡】(772—842)字梦得,洛阳(今河南洛阳)人。唐代著名文学家。曾参与王叔文革新集团而被贬官。其诗通俗清新,《竹枝词》《杨柳枝词》等组诗,富有民歌特色;《西塞山怀古》《金陵五题》等咏史吊古之作也颇多发人深省之笔。有《刘梦得文集》。《秋词》《酬乐天扬州初逢席上见赠》以及名篇《陋室铭》等被选入课本。

【白居易】(772—846)字乐天,自号香山居士,下邽(今陕西渭南)人。是我国古代继杜甫之后又一杰出的现实主义诗人,是唐代新乐府运动的主要倡导者。少时聪慧,学习刻苦。步入仕途后,曾因越职言事被贬为江州司马,后多年担任地方官,对民生疾苦了解颇多,主张"文章合为时而著,歌诗合为事而作"。其诗语言通俗,形象鲜明,如《秦中吟》《卖炭翁》《赋得古原草送别》《忆江南》《长恨歌》等均为我国古典诗歌中的佳作。有《白氏长庆集》。《卖炭翁》《钱塘湖春行》《琵琶行》等被选入课本。

【柳宗元】(773—819)字子厚,河东(今山西永济西)人,世称"柳河东"。曾任柳州刺史,最后病逝于柳州,又称"柳柳州"。他是我国文学史上最杰出的散文家和诗人之一,与韩愈同是古文运动的倡导者,并称"韩柳"。他的诗风格清朗,他的散文以寓言散文、山水游记和传记散文最富特色,对后世散文影响深远。代表作有散文《黔之驴》《小石潭记》《童区寄传》和诗歌《江雪》《渔翁》等。有《柳河东集》。《小石潭记》《种树郭橐驼传》等被选入课本。

【元稹】(779—831)字微之,洛阳(今属河南)人。唐代诗人。与白居易共同倡导新乐府运动,并称"元白"。《田家词》《连昌宫词》为其代表作。所作传奇《莺莺传》,即为后来《西厢记》故事的来源。有《元氏长庆集》。

【贾岛】(779—843)字浪仙,一作阆仙,范阳(今北京西南)人。唐代诗人。曾任遂州长江主簿,故称"贾长江"。其诗长于五律,注重词句锤炼,为唐代著名"苦吟诗人",自称"二句三年得,一吟双泪流"。"推敲"的典故即由其诗句"僧敲月下门"而来。《寻隐者不遇》为其名作。有《长江集》。

【李贺】(790—816)字长吉,河南福昌(今河南宜阳)人。是我国文学史上颇有影响的浪漫主义诗人。其诗想象丰富奇特,语言新颖诡异。优秀作品有《李凭箜篌引》《雁门太守行》《金铜仙人辞汉歌》《老夫采玉歌》等。诗中颇多警句,如"天若有情天亦老""黑云压城城欲摧"等。《李凭箜篌引》《马诗》《雁门太守行》被选入课本。

【杜牧】(803—852)字牧之,京兆万年(今陕西西安)人。唐代著名文学家,因晚年居住祖父杜佑所遗樊川别墅,故称"杜樊川"。杜牧博学多才,诗、赋、散文皆工,并擅长书法,以诗的成就为最高。诗风豪放疏朗,气势纵横,尤善七言绝句,与李商隐并称"小李杜"。《江南春》《泊秦淮》《山行》《清明》《过华清宫绝句》均为传诵佳作。《泊秦淮》《山行》《清明》等诗以及《阿房宫赋》被选入课本。

【温庭筠】(812—870)原名岐,字飞卿,太原祁(今山西祁县)人。晚唐著名诗人。仕途不得意,官止国子监助教。工诗善词,尤以词名,为花间词派之鼻祖,开五代、宋词之盛。词存《花间集》《金奁集》中。《商山早行》一诗被选入语文读本。

【李商隐】(813—858)字义山,号玉谿生,又号樊南生,怀州河内(今河南沁阳)人。唐代著名诗人。其诗情致婉曲,风格独特,艺术成就很高,《安定城楼》《蝉》为其咏物诗代表作;《行次西郊作一百韵》《瑶池》《贾生》则是咏史名作;其爱情诗成就尤高,"身无彩凤双飞翼,心有灵犀一点通""春蚕到死丝方尽,蜡炬成灰泪始干"均为描写爱情的千古绝唱。选入课本的有《锦瑟》《夜雨寄北》《贾生》等。

【皮日休】(约834—约883)字逸少,后改袭美,襄阳竟陵(今湖北天门)人。早年住鹿门山,自号鹿门子。唐代文学家。曾参加黄巢起义军,任翰林学士。旧史说他为黄巢所杀,一说黄巢兵败后为唐室所害,或谓流落江南病死。著有《文薮》,诗文成就与陆龟蒙齐名,人称"皮陆"。《原谤》一文被选入语文读本。

【陆龟蒙】(?—约881)字鲁望,姑苏(今江苏苏州)人。唐代文学家。曾任苏、湖二州从事,后隐居松江甫里,自号江湖散人、甫里先生,又号天随子。著有《笠泽丛书》《甫里集》。《蠹化》一文被选入语文读本。

【杜光庭】(850—933)字宾圣(一作宾至),

京兆杜陵(今陕西长安)人,寓居处州缙云(今浙江缙云)。初为道士。后入蜀,拜户部侍郎,封蔡国公。所作传奇小说《虬髯客传》,人物刻画生动,结构巧妙,艺术技巧也别具特色,曾被选入语文读本。

【冯延巳】(约 903—960)一名延嗣,字正中,广陵(今江苏扬州)人。南唐著名词人。善作新词,思深辞丽,在唐五代词中,堪与温庭筠、韦庄分鼎三足,对北宋晏殊、欧阳修的词颇有影响。有《阳春集》传世。《谒金门》一词被选入语文读本。

【李煜】(937—978)字重光,号钟隐,世称"李后主",徐州(今江苏徐州)人。南唐后主,词人。国亡后为宋所俘,相传被宋太宗毒死。善诗文、音乐和书画,尤工词。前期作品风格柔靡,后期作品转为"故国之思""亡国之痛"。《虞美人》(春花秋月何时了)被选入课本。

【王禹偁】(954—1001)字元之,济州巨野(今属山东)人。北宋文学家。曾任右拾遗、翰林学士等官。刚直敢言,修《太祖实录》,直言史事,为宰相不满,被贬黄州,后迁蕲州,病卒。

所作诗文,语言朴素,风格平易,于诗推崇杜甫、白居易,于文推崇韩愈、柳宗元,是宋初诗文革新运动的先驱。《黄州新建小竹楼记》被选入语文读本。

【林逋】(967—1028)字君复,钱塘(今浙江杭州)人。北宋诗人。终身不仕不婚,隐居西湖孤山,以赏梅养鹤为乐,有"梅妻鹤子"之称,谥"和靖先生"。诗以七律见长,其《山园小梅》中的"疏影横斜水清浅,暗香浮动月黄昏"为千古传诵的名句。

【柳永】(约987—约1053)字耆卿,崇安(今福建武夷山市)人。原名三变,因排行第七,又曾官屯田员外郎,故有"柳七""柳屯田"之称。据传因写诗嘲弄科举,宋仁宗很不高兴,批他"且去填词",故自谑称"奉旨填词柳三变"。他是北宋首位专力填词的作家,写了大量长调。他的词流传较广,时有"凡有井水饮处,即能歌柳词"之说。《望海潮》(东南形胜)被选入课本。

【范仲淹】(989—1052)字希文,苏州(今江苏苏州)人。北宋著名政治家、文学家。少孤贫,刻苦好学。官至参知政事，谥"文正"。戍卫边塞多年，颇有贡献，是庆历年间革新领袖。诗、文、词均出色，词今存仅5首，《渔家傲》(塞下秋来风景异)尤为慷慨悲壮。有《范文正公集》。选入课本的有《渔家傲·秋思》、散文《岳阳楼记》。

【宋祁】(998—1061)字子京，安陆(今湖北安陆)人。北宋文学家、史学家，谥"景文"。与欧阳修共修《新唐书》，又长诗词，因《玉楼春》(东城渐觉风光好)有"红杏枝头春意闹"句，遂有"红杏尚书"之称。

【欧阳修】(1007—1072)字永叔，自号醉翁、六一居士，庐陵(今江西吉安)人。北宋著名文学家、史学家。少时家境清寒，刻苦自学。考中进士后，曾官至参知政事。早年支持范仲淹的政治革新，因直言敢谏，屡遭贬谪，谥"文忠"。他领导诗文革新运动，在诗词、散文各方面都卓有成就；他积极培养、奖掖人才，苏洵父子、曾巩、王安石皆出其门下，因而成为当时文坛领袖。其《六一诗话》开创了"诗话"这一新的文学批评形式。曾与宋祁合修《新唐书》，独撰《新五代史》。有《欧阳文忠公文集》。其代表作《醉翁亭记》《伶官传序》《卖油翁》被选入课本。

【苏洵】(1009—1066)字明允,号老泉,眉州眉山(今四川眉山)人。北宋散文家。科举不第,嘉祐初以文谒见欧阳修,受到赏识,遂名声大震。与其子轼、辙合称"三苏",俱被后人列入"唐宋八大家"。其著作以史论、政论为主,代表作《六国论》被选入课本。

【周敦颐】(1017—1073)字茂叔,道州营道(今湖南道县)人。晚年在庐山莲花峰下建濂溪书堂,世称"濂溪先生",谥号"元公"。是宋代理学创始人之一,对宋、明哲学思想影响很大。他诗文皆长,其文质兼美的《爱莲说》被选入课本。

【曾巩】(1019—1083)字子固,建昌南丰(今江西南丰)人,世称"南丰先生"。北宋散文家。年轻时受到欧阳修的赏识,曾奉召编校史馆书籍,官至中书舍人。散文冲和平易,长于叙事说理,讲究章法结构,为"唐宋八大家"之一。其代表作《墨池记》一文曾被选入课本。

【司马光】(1019—1086)字君实,陕州夏县

(今山西夏县)涑水乡人,世称"涑水先生",卒赠太师、温国公,谥"文正"。主编《资治通鉴》,这是我国古代最大的一部编年体史书,以年月为经,史实为纬,贯通战国至五代1360多年的历史,书名由神宗所赐,此书具有很高的史学价值和文学价值。《孙权劝学》被选入课本。

【王安石】(1021—1086)字介甫,号半山,抚州临川(今江西抚州)人。封荆国公,世称"王荆公",谥"文",又称"王文公"。曾任参知政事,并两度为相,执政期间实行变法,被列宁誉为"中国11世纪时的改革家"。文章多为政论,立意超卓,其诗风格遒劲,《泊船瓜洲》为代表作,诗中"春风又绿江南岸"是传世名句。有《临川先生文集》。选入课本的有《元日》《泊船瓜洲》《答司马谏议书》《书湖阴先生壁》。

【沈括】(1031—1095)字存中,号梦溪丈人,杭州钱塘(今浙江杭州)人。北宋著名科学家、政治家。曾参与王安石变法,后屡遭贬谪。晚年退居润州(今江苏镇江)梦溪园,撰写学术性巨著《梦溪笔谈》,内容涉及数学、天文、气象、物理、化学、生物、地质、医药等领域,被誉为"中国科学史上的坐标"。《活板》《采草药》《雁荡山》曾被选入课本。

【苏轼】(1037—1101)字子瞻,号东坡居士,眉州眉山(今四川眉山)人,苏洵长子。北宋大文学家和书画家。少时即博通经史,善写文章;考中进士,深得考官欧阳修赏识。他为人正直,屡遭磨难,曾因"乌台诗案"而入狱,60岁时还被贬至海南。他多才多艺,诗词、散文、书法皆有卓越成就,其散文代表北宋古文的最高成就,其诗与黄庭坚并称"苏黄",其词开豪放一派,其书法自创"苏体"。有《东坡七集》。选入课本的有《惠崇〈春江晚景〉》、《水调歌头》(明月几时有)、《念奴娇·赤壁怀古》、《赤壁赋》、《石钟山记》等。

【苏辙】(1039—1112)字子由,苏洵次子,因晚年居颍川,自号颍滨遗老。政治态度及诗文风格皆受苏轼影响,但成就不如其兄。《黄州快哉亭记》为传诵名篇。《上枢密韩太尉书》一文曾被选入课本。

【黄庭坚】(1045—1105)字鲁直,号山谷道人,又号涪翁,洪州分宁(今江西修水)人。是北宋颇有影响的诗人、书法家,江西诗派的开创者。他推崇杜甫,重视诗法,但刻意求奇;书法尤善行草,自成一格,与苏轼、米芾、蔡襄并称"宋四家"。有《山谷集》。选入课本的有《清平乐·春归何处》《登快阁》。

【秦观】(1049—1100)字少游,一字太虚,号淮海居士,高邮(今属江苏)人。北宋词人。文辞为苏轼所赏识,是"苏门四学士"之一。工诗词,风格委婉含蓄,清丽淡雅。有《淮海集》《淮海居士长短句》。选入课本的有《鹊桥仙·纤云弄巧》《行香子·树绕村庄》。

【王谠】生卒年不详。字正甫,宋代长安(今陕西西安)人。所撰《唐语林》仿《世说新语》体例,分门别类地记述了唐代历史、政治、文学等方面的遗闻轶事。

【周邦彦】(1056—1121)字美成,自号清真居士,钱塘(今浙江杭州)人。北宋词人。曾在北宋中央音乐机关任职。词作内容多为艳情与羁愁。他精通音律,能自度曲,创制不少新调;又以四声入词,格律法度极为精审,开格律派词风之先河。旧时评价很高,称其为"词家之冠"。有《片玉词》。

【李清照】(1084—约1151)号易安居士,济南(今山东济南)人。是南宋婉约词派大家。少时便开始写诗作词。其父李格非是著名学者,其夫赵明诚是金石考据家。早年生活安定优裕,金兵入侵后,漂泊流离,生活孤苦。其诗、词、散文均有成就,并擅长书法、绘画、音乐。有《漱玉词》。代表作有《如梦令》(常记溪亭日暮)、《武陵春》、《声声慢》等。选入课本的有《如梦令》(常记溪亭日暮)、《渔家傲》(天接云涛连晓雾)、《声声慢》(寻寻觅觅)。

【陆游】(1125—1210)字务观,号放翁,越州山阴(今浙江绍兴)人。南宋著名爱国诗人。幼年时期金人入侵,他随家逃难,从小怀有忧国忧民之志。中年时期曾投身军旅,对其创作影响很大。他主张抗战,屡遭投降派排挤,虽终被罢官,但报国信念毫不动摇。他一生留下了9300多首诗、140多首词以及大量的散文。有《剑南诗稿》《渭南文集》《老学庵笔记》等。选入课本的有《十一月四日风雨大作》《书愤》《临安春雨初霁》《卜算子·咏梅》等。

【杨万里】(1127—1206)字廷秀,自号诚斋,吉州吉水(今江西吉水)人。为人正直敢言,关心民生疾苦和国家命运。与尤袤、范成大、陆游并称"中兴四大诗人"。一生作诗2万多首,留存4000余首。有《诚斋集》。选入课本的有《晓出净慈寺送林子方》《过松源晨炊漆公店》《宿新市徐公店》等。

【朱熹】(1130—1200)字元晦,号晦庵,别称紫阳,徽州婺源(今江西婺源)人。南宋哲学家、教育家、文学家。学识广博,哲学、经学、史学、文学均有成就。他继承并发展了程颐、程颢的理学,是宋代理学集大成者,所著《四书章句集注》被明清两代定为士子必读教科书。其文学见解见于《诗集传》《楚辞集注》,所作诗文语言简洁明畅。《观书有感》"问渠那得清如许,为有源头活水来"为古今传诵名句。

【辛弃疾】(1140—1207)字幼安,号稼轩,历城(今山东济南)人。南宋爱国词人。20岁参加抗金斗争,历任多处地方官,因坚决主张抗金而遭忌恨,落职闲居江西近20年。虽曾被起用,但终难施展抱负。他是宋代词作最多的作家,今存词600多首,他把苏轼开创的豪放词风推向新的高潮,故二人并称"苏辛"。其作品艺术风格多样,而以豪放为主。有《稼轩长短句》。选入课本的有《西江月》(明月别枝惊鹊)、《清平乐》(茅檐低小)、《破阵子·为陈同甫赋壮词以寄之》、《永遇乐·京口北固亭怀古》等。

【姜夔】(约1155—约1221)字尧章,号白石道人,饶州鄱阳(今江西鄱阳)人。南宋著名词人、音乐家。他少年孤贫,屡试不第,终生未仕。其词格律严密,字句雕琢,音节谐美,风格清秀,艺术成就很高。自度曲《扬州慢》(淮左名都)为其名作,被选入课本。

【白朴】(1226—1306后)字仁甫、太素,号兰谷先生,隩州(今山西河曲)人。金末元初著名戏曲作家、散曲作家。曾寓居金陵。杂剧、散曲以绮丽婉约见长,"元曲四大家"之一。杂剧《梧桐雨》节选《马嵬兵变》被选入语文读本。

【文天祥】(1236—1283)字宋瑞,号文山,吉州庐陵(今江西吉安)人。南宋杰出的民族英雄和爱国诗人。官至右丞相,代表宋朝与元人谈判时被扣,脱逃后一再起兵抗敌,兵败被俘,监禁 3 年,不屈就义。其诗文沉郁悲壮,《过零丁洋》"人生自古谁无死,留取丹心照汗青"更是千古传诵的名句。选入课本的有《过零丁洋》《南安军》。

【关汉卿】生卒年不详。号已斋叟,大都(今北京)人。是我国戏剧史上最伟大的戏剧家之一、元杂剧的奠基人。他长期接触社会底层生活,关心劳动人民尤其是妇女的命运,作品反映的社会生活比较广阔。他才华横溢,作品丰硕,有杂剧 60 余种,散曲 10 余套,小令 50 多首。著名剧作有《窦娥冤》《救风尘》《望江亭》等。《窦娥冤》被节选入课本。

【王实甫】生卒年不详。一说名德信,大都(今北京)人。元代著名戏剧家。早年做官,后退职闲居。杂剧作品有 14 种,现仅存 3 种。所作《西厢记》取材于元稹《莺莺传》、董解元《西厢记诸宫调》,被誉为"天下夺魁"之作,是我国古代戏剧中现实主义的杰作,它表现的反封建主题,对后世戏剧小说影响颇大。《西厢记》节选《长亭送别》曾被选入课本。

【马致远】(约1250—约1323)字千里,号东篱,大都(今北京)人。元代著名戏剧家、散曲家。晚年离开官场,归隐山林。杂剧《汉宫秋》为其代表作,取材于王昭君故事。其散曲艺术成就很高,代表作《天净沙·秋思》被誉为"秋思之祖",并被选入课本。

【郑光祖】生卒年不详,字德辉,平阳襄陵(今山西临汾)人。元代后期重要的杂剧作家、散曲作家,"元曲四大家"之一。曾任杭州路吏,卒于杭州。其代表作《倩女离魂》是元杂剧最优秀的作品之一。散曲《折桂令·梦中作》被选入语文读本。

【张养浩】(1270—1329)字希孟,号云庄,济南(今山东济南)人。元代散曲家。官至礼部尚书,参议中书省事。正直敢言,为权贵忌恨。后出任陕西行台中丞,因办理赈灾积劳病卒,被封滨国公,谥"文忠"。所作《山坡羊·潼关怀古》,写景抒怀,精警深刻,被选入课本。

【张可久】(约1270—1348后)字小山,一作名伯远,字可久,号小山。庆元(今浙江宁波)人。元代著名散曲作家。一生不得志,晚年定居杭州。专力散曲,尤工小令,留存作品800余首,为元代散曲作家中留存作品最多者。有《小山乐府》传世。

【钟嗣成】生卒年不详。字继先,号丑斋,大梁(今河南开封)人。元代著名杂剧作家、散曲作家。早年科场不利,遂杜门从事杂剧、散曲的创作与研究。其所撰《录鬼簿》记载元代杂剧、散曲作家小传和作品名目,是研究元代杂剧、散曲历史的重要著作。散曲《一枝花·丑斋自述》被选入语文读本。

【施耐庵】生卒年不详。元末明初小说家。生平事迹尚未考定。传说曾参加元末张士诚起义,因目睹朝政腐败、社会不平,遂作《水浒传》抒胸中之愤。《水浒传》是我国古代优秀的白话长篇小说,真实深刻地描写梁山泊农民起义全过程,塑造了一批具有鲜明个性的艺术形象,在我国文学史上占有重要地位。选入课本的有《水浒传》节选《林教头风雪山神庙》《智取生辰纲》等。

【宋濂】(1310—1381)字景濂,号潜溪,谥"文宪",浦江(今属浙江)人。明初文学家。一生勤奋好学,曾任《元史》修撰总裁,被誉为"开国文臣之首",著作颇多,散文典雅简洁,《送东阳马生序》为后世传诵之作,被选入课本。

【刘基】(1311—1375)字伯温,谥"文成",青田(今浙江青田)人。明初文学家。他博学多才,通天文、兵法,亦善诗文。辅佐朱元璋平定天下,为开国勋臣之一,封诚意伯。寓言体散文集《郁离子》较为著名,《说虎》曾被选入课本。

【罗贯中】(约1330—约1400)名本,字贯中,号湖海散人,祖籍太原(今山西太原)。明初小说家、戏剧家。传说曾任张士诚的幕客,又曾师事施耐庵,参与《水浒传》的撰写。他的小说戏剧作品十分丰富,以《三国演义》最为著名,其节选《三顾茅庐》《草船借箭》被选入课本。

【吴承恩】(约1500—约1582)字汝忠,号射阳山人,山阳(今江苏淮安)人。明代小说家。自幼喜爱神话故事,博览群书。晚年绝意仕途,闭门著述,写出了我国古代最杰出的长篇神魔小说《西游记》,标志着我国浪漫主义文学达到一个新的高峰,其节选《猴王出世》被选入课本。

【归有光】(1507—1571)字熙甫,号震川,昆山(今江苏昆山)人。明代散文家。曾讲学20余年,从学者甚众,60岁时考中进士。与王慎中等同为"唐宋派"。其散文善从亲朋聚散和家庭琐事选取素材,描述简洁,自然真挚,其文风对清代桐城派有影响。有《震川文集》。《项脊轩志》被选入课本。

【汤显祖】(1550—1616)字义仍,号若士、海若、清远道人,临川(今江西抚州)人。明代戏剧家。曾任知县,因不附权贵被免官,不复出仕。所作传奇《紫钗记》、《还魂记》(即《牡丹亭》)、《南柯记》、《邯郸记》,合称"临川四梦",或"玉茗堂四梦"。《牡丹亭》影响最大,它思想深刻,形象鲜明,富有浓厚的浪漫主义色彩。其节选《游园(皂罗袍)》被选入课本。

【袁宏道】(1568—1610)字中郎,号石公,公安(今湖北公安)人。明代文学家。与兄宗道、弟中道并称"三袁",又称为"公安派"。他主张"性灵说",认为诗文应"任性而发",反对拟古主义。其散文以清隽流畅著称,曾风靡一时。《满井游记》《虎丘记》曾被选入课本。

【冯梦龙】(1574—1646)字犹龙,又字耳犹,别号龙子犹、顾曲散人、墨憨子、墨憨斋主人,长洲(今江苏苏州)人。明代杰出的通俗文学作家。毕生从事通俗文学作品的编写、整理和刊行工作,曾辑有话本《喻世明言》《警世通言》《醒世恒言》,世称"三言"。《杜十娘怒沉百宝箱》曾被选入课本。

【魏学洢】(约1596—约1625)字子敬,嘉善(今浙江嘉善)人。明末散文家。其父魏大中贤明正直,受到宦官魏忠贤的迫害,与杨涟、左光斗等同死狱中。魏学洢亦备受迫害,悲愤而死。其散文《核舟记》介绍微雕作品,是历代同类文章的佳作,被选入课本。

【张岱】(1597—约1679)字宗子,又字石公,号陶庵,又号蝶庵,绍兴山阴(今浙江绍兴)人。明末著名散文作家。明亡,入山隐居著书。通晓音乐、戏剧,尤工小品散文,作品多写山水景物、日常琐事,流露明亡后怀旧感伤情绪,文笔清新峭拔,间杂诙谐风趣。所撰《陶庵梦忆》一书系明末清初颇具特色的笔记文学作品。其小品散文佳作《湖心亭看雪》被选入语文读本。

【张溥】(1602—1641)字天如,太仓(今江苏太仓)人。明末文学家。自幼好学,所读书必手抄六七遍,因此将自己的书房命名为"七录斋"。是复社的创始人和领袖,常以东林党人继承者自许,影响极大。著述颇富,有《七录斋集》。《五人墓碑记》一文慷慨激昂,充满爱国激情,曾被选入课本。

【金圣叹】(1608—1661)名采,字若采,一名人瑞,字圣叹,吴县(今江苏苏州)人。明末清初著名文学批评家。曾评点"六才子书",即《离骚》、《庄子》、《史记》、杜诗、《西厢记》、《水浒传》。对《水浒传》艺术特点的分析颇有见地。

【黄宗羲】(1610—1695)字太冲,号南雷,又号梨洲,余姚(今浙江余姚)人。明末清初思想家、史学家、文学家。他曾领导复社进行反阉斗争,几遭杀害。明亡,参加抗清斗争,兵败后隐居著述。编写《宋元学案》《明儒学案》,总结宋明理学思想;重视社会政治变革,撰写《明夷待访录》,对封建专制制度提出怀疑。其诗文不事雕琢,富有民族气节和爱国精神。《柳敬亭传》曾被选入课本。

【李渔】(1611—约 1680)原名仙侣,字谪凡,号天徒,后改名渔,字笠鸿,一字笠翁,兰溪(今浙江兰溪)人。明末清初戏剧理论家、作家。曾组织家庭戏班,自编自导自演,积累了丰富的艺术实践经验。所著《闲情偶寄》是我国戏剧美学史上第一部最系统最完备的戏剧理论著作。还著有传奇《奈何天》《比目鱼》等 10 种,合称《笠翁十种曲》。《芙蕖》曾被选入课本。

【顾炎武】(1613—1682)初名绛,字宁人,号亭林。明亡后改名炎武,自署蒋山佣,昆山(今江苏昆山)人。明末清初思想家、学者、诗人。曾参加抗清斗争,失败后仍力图恢复明朝统治。他学问博深,在学术上有多方面的成就,开清代朴学之风,著有《天下郡国利病书》《日知录》等。散文《复庵记》文字简洁,感情真挚,曾被选入课本。其名句"天下兴亡,匹夫有责",深受后人赞颂。

【林嗣环】生卒年不详。字铁崖,晋江(今福建晋江)人。清顺治进士,曾因事被充军边疆,后遇赦放还。《口技》是其《秋声诗自序》的节选,历来为人称道,曾被选入课本。

【蒲松龄】(1640—1715)字留仙,一字剑臣,号柳泉居士,山东淄川(今属淄博)人。清代小说家。19岁考中秀才后便屡试不第,71岁时才援例补为贡生。他一生贫困,以塾师为生,从20岁开始,用50年时间创作、修改了文言短篇小说集《聊斋志异》,以谈鬼说狐的方式抨击了封建社会的腐败黑暗。《狼》《促织》被选入课本。

【洪昇】(1645—1704)字昉思,号稗畦,浙江钱塘(今杭州)人。清代戏剧家。所作《长生殿》主题思想存在明显的矛盾,既歌颂唐玄宗与杨玉环的爱情,又暴露他们给当时社会带来的灾难,场面壮丽,曲词优美,曾轰动一时。与孔尚任并称"南洪北孔"。

【孔尚任】(1648—1718)字季重、聘之,号东塘、岸堂,自称云亭山人,山东曲阜人。清代戏剧家。孔子64代孙。所作《桃花扇》主要讲述侯方域、李香君的爱情和南明兴亡的故事,盛行一时。《桃花扇》的节选《哀江南》曾被选入课本。

【方苞】(1668—1749)字凤九,一字灵皋,晚年自号望溪,安徽桐城人。清代文学家。曾因戴名世案被累,入狱两年之久,释放后官至礼部侍郎、经史馆总裁。他在文学上推崇韩柳,提倡"义法",力求语言雅洁,是我国古代最大散文流派桐城派的创始人。《左忠毅公逸事》曾被选入课本。

【吴敬梓】(1701—1754)字敏轩,号粒民,自称秦淮寓客,晚年又号文木老人,安徽全椒人。清代小说家。早年生活优裕,后家业衰落,十分贫困。善诗文,尤以小说著称。所作《儒林外史》是我国古代第一部长篇章回讽刺小说,共描写200多个人物,是揭露科举制度和封建礼教的百丑图。《范进中举》被选入课本。

【全祖望】(1705—1755)字绍衣,号谢山,浙江鄞县(今宁波市鄞州区)人。清代史学家、文学家。初为翰林院庶吉士,后辞官归家,潜心研究与写作。有《鲒埼亭集》。《梅花岭记》曾被选入课本。

【曹雪芹】(约 1716—约 1763)名霑,字梦阮,号雪芹,又号芹圃、芹溪。清代小说家。少时家势贵盛,生活豪奢,其父革职后,堕入贫困。巨大变故使其对社会有了深刻认识,"披阅十载,增删五次",创作了我国古典小说中最伟大的现实主义作品《红楼梦》,120 回本中的后 40 回一般认为是高鹗续作。《红楼梦》的节选《刘姥姥进大观园》《红楼春趣》等被选入课本。

【袁枚】(1716—1798)字子才,号简斋,浙江钱塘(今杭州)人。清代著名诗人。因辞官后定居江宁小仓山随园,又称"随园先生"。他提倡"性灵说",其诗风清新灵巧。有《小仓山房诗文集》《随园诗话》等。散文名篇《黄生借书说》《祭妹文》曾被选入课本。

【纪昀】(1724—1805)字晓岚,一字春帆,自号石云,谥"文达",直隶献县(今河北献县)人。清代著名学者。他学问渊博,曾任四库全书馆总纂官,以毕生精力纂定《四库全书总目提要》,所著《阅微草堂笔记》是《聊斋志异》后又一部影响很大的文言短篇小说集。《河中石兽》一文被选入课本。

【钱大昕】(1728—1804)字晓徵,一字及之,号辛楣,又号竹汀,江苏嘉定(今属上海)人。清代学者。曾是钟山、娄东、紫阳等书院的主讲。治学很广,尤重史学与语言。有《廿二史考异》《潜研堂文集》等。散文《弈喻》曾被选入课本。

【姚鼐】(1732—1815)字姬传,室名惜抱轩,故又称"惜抱先生",安徽桐城人。清代散文家,桐城派集大成者。曾任四库全书馆纂修官,后托病辞归,主讲于钟山、紫阳等书院达40年。有《惜抱轩诗文集》。代表作《登泰山记》被选入课本。

【彭端淑】生卒年不详。字乐斋,四川丹棱人。清代文学家。早年任官,颇有政绩。晚年在四川锦江书院讲学。学识渊博,擅长诗文。《为学》曾被选入课本。

【洪亮吉】(1746—1809)字稚存,号北江,

江苏阳湖(今常州)人。清代学者、文学家。曾因上书指斥朝政被流放伊犁,后赦还,自号更生居士。工诗善文,论学之作颇多。有《洪北江全集》。其《治平篇》尖锐地提出了当时人口增长与粮食产量存在矛盾的问题,曾被选入课本。

【李汝珍】(约1763—约1830)字松石,直隶大兴(今属北京)人。清代小说家。少小颖异,厌恶八股文。学识博广。历20余年著成长篇小说《镜花缘》,歌颂女子才华,表现了尊重妇女地位的民主思想。

【刘开】(1784—1824)字明东、方来,号孟涂,安徽桐城人。清代散文家。少贫,读书勤奋,曾师从姚鼐学古文,推方苞为"一代之正宗",散文、诗和骈体文皆长,是桐城派的重要作家。所作《问说》是一篇专门论述勤学必须好问的文章,曾被选入课本。

【龚自珍】(1792—1841)又名巩祚,字璱人,号定盦,浙江仁和(今杭州)人。清代思想家、文学家。曾官礼部主事,后辞官南归,在丹阳云阳书院讲学。哲学上具有朴素辩证法思想,文学上诗、词、散文均出色,以诗成就最高,《己亥杂诗》为其代表作,有两首被选入课本。

【薛福成】(1838—1894)字叔耘,号庸盦,江苏无锡人。清末外交家和政论家。同治六年(1867)副贡生,曾参赞曾国藩军务,后随李鸿章办理洋务,又出任清驻英、法、意、比四国大臣,是洋务派中具有资产阶级改良主义思想的人物。重视致用之学,长于政论,文笔平易畅达,著有《庸盦全集》。《观巴黎油画记》一文被选入语文读本。

【刘鹗】(1857—1909)字铁云,号鸿都百炼生,江苏丹徒(今镇江)人。清末小说家。少精数学,后学医术,复改经商,因被劾八国联军入京时私售仓粟,获罪流放新疆而死。所著《老残游记》被鲁迅称为"晚清四大谴责小说"之一。

【吴沃尧】(1866—1910)字小允,又字茧人,后改趼人,因居佛山镇,自号我佛山人,广东南海佛山(今佛山市)人。清末小说家。早年即以撰文为生。著作甚多,以《二十年目睹之怪现状》最著名,为晚清四大谴责小说之一。代表作还有《痛史》《恨海》等。

【孙中山】(1866—1925)名文,字德明,号日新,后改逸仙,广东香山(今中山)人。我国民主革命的伟大先行者,中华民国的缔造者,创立"三民主义"学说,致力国民革命凡40年。他领导的资产阶级民主革命推动了中国历史的前进。《〈黄花冈七十二烈士事略〉序》一文感情充沛,精彻凝练,曾被选入课本。

【李宝嘉】(1867—1906)名伯元,字宝嘉,号南亭亭长,江苏武进(今常州)人。清末小说家,是清末小报创始人之一。小说以《官场现形记》《文明小史》成就最高,前者为晚清四大谴责小说之一,其节选《制台见洋人》曾被选入课本。

【章炳麟】(1869—1936)字枚叔,号太炎,浙江余杭(今杭州市余杭区)人。近代民主革命活动家、著名学者。早年师从俞樾,精研经史、诸子和佛学,后转向政治,主编《民报》,"七被追捕,三入牢狱",晚年趋于保守。一生著述甚丰,有《章太炎全集》。

【梁启超】(1873—1929)字卓如,号任公,又号饮冰室主人,广东新会(今江门市新会区)人。

近代著名政治家、文学家。戊戌变法领导人之一。后弃政治,治学术,在清华大学任教,著述不辍。其散文自成新体,对晚清文体改革和五四白话文运动影响很大。《少年中国说》《最苦与最乐》《敬业与乐业》被选入课本。

【王国维】(1877—1927)字静安,号观堂,浙江海宁人。近代著名学者。曾任清华大学研究院教授,著述多达 62 种,涉及文、史、哲、心理学等领域。所作《红楼梦评论》《宋元戏曲史》《人间词话》均为影响极大的著作。有《王国维全集》。

【林觉民】(1887—1911)字意洞,号抖飞,福建闽侯人。黄花岗七十二烈士之一。参加辛亥广州起义,不幸受伤被捕,从容就义,遗有《绝笔书》两封,其中《与妻书》悲壮慷慨,充满为国民争取自由幸福而牺牲一己的革命精神,被选入课本。

2. 作　　品

【诗经】我国第一部诗歌总集。原称《诗》

或《诗三百》,汉代时被奉为儒家经典,始称《诗经》。收录周初至春秋中期诗歌305篇,分风、雅、颂三部分,其中风诗价值最高。《诗经》以四言为主,多用赋、比、兴手法。《诗经》对我国古代文学影响深远。《氓》《无衣》等被选入课本。

【左传】即《春秋左氏传》,本称《左氏春秋》,相传是春秋末年鲁国史官左丘明所撰。我国第一部叙事完备的编年体史书,也是一部杰出的历史散文著作。它长于叙事记人,文笔曲折生动。选入课本的有《曹刿论战》《烛之武退秦师》。

【国语】我国第一部国别体史书。相传是春秋时鲁国左丘明所撰。全书汇辑周、鲁、齐、晋、郑、楚、吴、越等八国的史料,主要记述西周中期至战国初年历史人物的言论,反映各国重大事件,有一定的史学价值和文学价值。《召公谏厉王弭谤》曾被选入课本。

【战国策】即《国策》,《国语》后又一部国别体史书,是战国时期各国史官和策士的言论辑录,后由西汉刘向整理编定。它不仅具有很高的史学价值,而且具有很高的文学价值,故事情节曲折完整,人物形象个性鲜明,对古代散文发展影响很大。选入课本的有《邹忌讽齐王纳谏》《唐雎不辱使命》。

【吕氏春秋】 又称《吕览》,战国末期秦相吕不韦集合门客共同编写而成。它是杂家代表著作,以儒、道为主,兼采墨、法、名、农诸家学说。文章逻辑性强,语言简练形象。选入课本的有《伯牙鼓琴》《穿井得一人》。

【山海经】 中国古代地理著作,又是神话传说故事集。秦汉时期成书。书中"精卫填海""夸父逐日""大禹治水"等故事流传广泛。

【淮南子】 又称《淮南鸿烈》,西汉淮南王刘安及其门客所著,杂家著作,保存了不少神话传说故事,《女娲补天》《后羿射日》《共工怒触不周山》等均出自此书。

【楚辞】 我国继《诗经》之后第二部古代诗歌总集。西汉刘向编,东汉王逸注。全书以屈原作品为主(收有《离骚》《九歌》《天问》《九章》等),其他各篇也都是承袭屈赋的形式(如宋玉、景差、贾谊、东方朔等人的作品)。因它运用楚地的方言声韵,叙写楚地的风土物产,具有浓厚的地方色彩,故命名为《楚辞》。在中国诗歌史上,《诗》(指《诗经》)、《骚》(指《楚辞》)并称,成为中国古典诗歌的两大源头。《楚辞》还直接开启了后代赋体,并影响到历代散文创作。

【古诗十九首】组诗名,一般认为是东汉末年无名氏作。南朝梁萧统将其收入《文选》。内容多写夫妇、朋友间的离愁别绪和士人的彷徨失意。选入课本的有《迢迢牵牛星》《涉江采芙蓉》《庭中有奇树》。

【陌上桑】一名《艳歌罗敷行》,乐府诗,是汉代著名民间叙事诗。它叙述了一个太守调戏采桑女子罗敷而遭到严词斥责的故事,被选入课本。

【孔雀东南飞】一名《古诗为焦仲卿妻作》,建安末年民歌,是现存古乐府民歌中最长的叙事诗,代表了汉乐府叙事诗发展的高峰,与北朝《木兰诗》并称"乐府双璧"。描写焦仲卿、刘兰芝受封建礼教迫害而双双致死的爱情悲剧,人物性格鲜明,情节曲折完整,被选入课本。

【木兰诗】北朝乐府民歌,描写少女木兰代父从军、胜利归来的故事。全诗气势雄浑,语言朴实,音律和谐,被选入课本。

【敕勒歌】北朝乐府民歌。敕勒是种族名。全诗系自鲜卑语译出,描绘了草原的辽阔和牛羊的繁盛,风格雄浑质朴,为历代传诵,被选入课本。

【玉台新咏】南朝陈徐陵编,是继《诗经》《楚辞》之后又一部诗歌总集,选录汉魏至梁代诗歌769篇。《孔雀东南飞》即初见于此书。

【世说新语】南朝志怪小说集。由刘义庆门下众多文人学士在刘的领导下合力编成,记述汉末至刘宋时名士贵族的逸事。其中有人物评论、清谈玄言和机智故事,是当时志怪小说的集大成之作。从书中可以看到当时门阀世族的面貌,保存了社会、政治、思想、文学、语言等方面的资料,有较高的参考价值。

【柳毅传】唐传奇篇名,李朝威作,描写儒生柳毅助洞庭龙女脱离苦难,由爱慕而成夫妇的故事,反映封建社会妇女的痛苦,歌颂柳毅见义勇为的品质,富有浪漫主义色彩,曾被选入课本。

【长恨歌传】唐传奇篇名,陈鸿作,与白居易诗《长恨歌》同时创作,相辅而行。写唐玄宗、杨贵妃故事,既有揭露,又有同情,呈现出思想上的矛盾。

【乐府诗集】宋代郭茂倩编,全书 100 卷,辑录汉至唐五代的乐府诗,也编入先秦至唐末的歌谣,共分 12 类,源流分明,资料丰富。

【满江红(怒发冲冠)】南宋岳飞作。这是一首激励人心、传诵千古的爱国词。全词风格豪放,音调激越,表现了作者御侮雪耻的坚强意志和一往无前的英雄气概。

【容斋随笔】南宋洪迈撰写的笔记,共有 5 集。内容广泛,包括经史百家、文学艺术、宋代典章制度、对人物的评价等,是我国古代一部很有影响的文史笔记著作,也是毛泽东爱读的书之一。

【梦溪笔谈】北宋沈括撰,分十七目 609 条,共 26 卷,因写于润州(今镇江市)梦溪园而得名。内容涉及的领域十分广阔,书中自然科学部分,总结了我国古代特别是北宋时期自然科学的成就,详细记载了劳动人民在科学技术方面的贡献,其中也有作者自己的许多新的发现和创见。该书是我国和世界科技史上的重要著作,对国内外学术界影响很大。

【元人四大悲剧】指关汉卿的《窦娥冤》、马致远的《汉宫秋》、白朴的《梧桐雨》和纪君祥的《赵氏孤儿》。

【西厢记】全名《崔莺莺待月西厢记》,为元代著名戏剧家王实甫所著,是我国古代戏剧中的现实主义杰作。它歌颂了张生、崔莺莺争取婚姻自由、爱情幸福,反对封建礼教和虚伪的禁欲主义的叛逆精神。它根据不同人物的性格,展开错综复杂的矛盾冲突。剧中所描摹的景物,充满诗情画意;所使用的文字,华美而自然。该剧现实主义的思想内容和高度的艺术成就,对后代以爱情为主题的戏剧、小说影响极大。

【赵氏孤儿】元杂剧剧本,纪君祥著。全名《冤报冤赵氏孤儿》,取材于《史记·赵世家》。春秋时,晋赵朔门客程婴为保全忠良后代及全城婴儿,献出己子冒充赵氏孤儿,而公孙杵臼毅然承担窝藏孤儿的罪名,被奸臣屠岸贾杀害。20年后,赵氏孤儿终于报仇雪恨。剧本歌颂了古代义士舍己为人的优秀品质,是元代著名悲剧之一,流传广泛。18世纪初就已在法国皇家剧院上演。

【徐霞客游记】我国著名的古代游记散文专集,明代徐弘祖著。此书不仅记录了各地地理、地质的科学资料,而且以抒情笔调、典雅文词描绘了祖国名山大川的壮丽图画,被称作"古今记游之最"。《游黄山记》曾被选入课本。

【封神演义】长篇神魔小说,明代许仲琳著。其最初故事形式是《武王伐纣平话》。描写商周之战的过程,道释两家为周助力,而截教帮助殷纣,双方各逞神术,截教最终失败,姜子牙祭坛封神,周武王分封列国。小说想象奇特,颇能吸引读者。

【三言二拍】"三言"指明代冯梦龙纂辑的《喻世明言》《警世通言》《醒世恒言》三部短篇小说集。"二拍"指明代凌濛初编著的《初刻拍案惊奇》《二刻拍案惊奇》两部拟话本集。

两者都属古代白话小说。

【唐诗三百首】诗集,清代蘅塘退士孙洙编,共收唐人诗作300余首。从入选作者看,从皇帝到僧侣、歌女、无名氏都有,计77人,这是难能可贵的。从体裁看,五古、七古、五律、七律、五绝、七绝及乐府都有,诗体完备,且各体所选数量适中,基本上反映了唐代各个时期各种诗体的发展情况。从内容看,入选诗作题材广泛,有的反映时代动乱、百姓贫困,有的抒发抱负不能施展的愤懑,有的描绘悠然山林、壮丽自然。从语言看,所选作品大都明白易解,朗朗上口。从品味看,入选的诗作注重艺术性和诗味,有的比兴言志,有的想象奇绝,有的诗中有画,有的寓情于景。正因为对艺术性和诗味的重视,所以两百多年来《唐诗三百首》能广为流传,成为拥有大量读者、脍炙人口的唐诗选本。

【聊斋志异】我国古代杰出的文言短篇小说集,清代蒲松龄著。全书491篇。主要取材于民间口头传说,此外,有作者亲身经历的、作者自己想象创作的,也有根据古代故事改编的。书中大都描写妖狐神鬼的奇异怪事,但这绝不是作者为了游戏消遣,而是其愤懑不平的寄托,同时也是为了避免因文字狱而遭到杀身灭族的灾祸。小说内容主要有:(1) 揭露封建政治的黑暗,鞭挞贪官污吏和土豪劣绅,同情人民疾苦并赞扬其反抗精神。如《促织》《席方平》《梦狼》等。(2) 揭露科举制度的弊端和罪恶。如《司文郎》《于去恶》《考弊司》等。(3) 揭露封建婚姻制度的不合理,歌颂青年男女反抗礼教压迫的斗争和忠贞不渝的爱情。这在书中数量最多,成就也最高。有的是人与人的恋爱,有的则是人与狐鬼精灵的恋爱。许多故事写得淋漓酣畅,动人心魄,成了书中最精彩的部分。如《鸦头》《细侯》《阿宝》《青凤》《婴宁》《小谢》等。(4) 宣传道德教化。如《崂山道士》《画皮》《黑兽》等。书中也有些落后消极成分,如宣扬"忠孝节义"的封建观念、因果报应的迷信思想等。全书想象丰富,具有浓厚的浪漫主义特色。作者善于把幻域和现实、虚构与真实结合起来塑造人物。书中的花妖狐魅,既有原物的特征,又极富人情味。全书的语言是经过锤炼的文言,但又吸收和提炼了口语,古雅简洁,清新活泼。本书被誉为"中国文言短篇小说之王",在我国小说发展史上占有重要地位。在国外,不少大学把它定为攻读汉学的大学生的必读之书。

【三国演义】元末明初罗贯中所著《三国演义》全称《三国志通俗演义》,是我国第一部长篇章回历史小说。它描写了从东汉灵帝建宁二年(169)到晋武帝太康元年(280)的百余年间发生的事件,着重叙述了历时约半个世纪的魏、蜀、吴三国的兴衰过程。全书把蜀汉当作矛盾的主要方面,把诸葛亮和刘、关、张当作中心人物,生动描述了封建统治集团内部错综复杂的矛盾斗争,真实地反映了东汉动荡的社会生活,深刻揭示了统治集团内部争权夺利、钩心斗角、残害人民的凶残面目,反映人民在动乱时代的痛苦与灾难,以及他们反对战争、分裂,要求和平、统一的愿望。全书写了400多个人物,塑造了一批叱咤风云的英雄形象。其中曹操、诸葛亮、关羽的形象尤为出色,被称为"三绝"(曹操为"奸绝",诸葛亮为"智绝",关羽为"义绝")。"三绝"之外,张飞的勇猛鲁莽、心直口快,赵云的浑身是胆、冷静忠诚,刘备的仁慈忠厚,孙权的优柔寡断,鲁肃的外愚内智,董卓的残暴凶狠,司马懿的老奸巨猾,吕布的见利忘义,都让人掩卷难忘。书中写了大小40多场战争,其中官渡之战、赤壁之战、彝陵之战,写得波澜起伏,读来惊心动魄。赤壁之战写得最好,不仅有舌战群儒、智激周瑜、蒋干中计、草船借箭等引人入胜的情节,还在激烈紧张中巧插闲曲,用抒情笔调描写了庞统挑灯夜读、曹操横槊赋诗等场景。关羽的"温酒斩华雄""过五关斩六将",张飞的"威震长坂坡",赵云的"单骑救幼主",诸葛亮的"空城计"等,也都是广为流传的与战争有关的著名篇章。作者或实写或虚写,或详写或略写,或插叙或倒叙,通过精心编织,把人物众多、事件复杂、头绪纷繁,长达百余年的汉末三国历史,写得既曲折变化,又主次分明、有条不紊,构成一个既宏伟壮阔又不失严密精巧的艺术整体,这在历史演义小说中是首屈一指的。全书采用浅近文言,"文不甚深,言不甚俗",明快流畅,雅俗共赏。《三国演义》的成就达到了我国历史演义小说的高峰,是中国小说发展史上一个重要的里程碑。

【红楼梦】我国最优秀的古典长篇章回小说。全书共120回,前80回是清代曹雪芹作,后40回一般认为是高鹗续写。这部小说描写了贾宝玉和林黛玉的爱情悲剧以及贾、史、王、薛"四大家族"的衰落过程,反映了封建社会残酷的阶级压迫,揭露了封建制度的黑暗和腐朽,显示了它必然崩溃的历史趋势。它在批判封建社会的同时,对封建制度的叛逆者进行了热情的歌颂。贾宝玉和林黛玉是两个具有叛逆精神的典型人物。他们反对封建婚姻制度,厌恶八股文和利禄观念,主张做品质高洁的人。他们对自由幸福的向往和追求,反映了那个时代对个性解放和人权平等的要求,闪烁着初步民主主义思想的光芒。这部小说在艺术上的成就是辉煌的:(1) 成功地塑造了为数众多、个性鲜明的人物形象。书中有名有姓的人物就有400多个,其中的主要人物如贾宝玉、林黛玉、薛宝钗、王熙凤等已成为不朽的艺术典型。(2)结构宏伟严密,超过了它以前的任何一部小说。全书以宝、黛爱情和贾府由盛转衰为线索,把众多的人物和纷繁的事件组织在一起,交错发展,彼此制约,形成一个巨大的艺术结构,其内部前后贯通,有条不紊。(3)语言简洁而纯净,准确而传神,朴素而多彩,达到了炉火纯青的境界。《红楼梦》具有高度的思想性和卓越的艺术成就,是我国古代长篇小说中现实主义的高峰。它问世后就广为流传,深受人们喜爱,还出现了专门研究该书的一门学问——"红学"。《红楼梦》不仅在我国文学史上享有崇高地位,而且是一部享有世界盛誉的名著。它已有29种外文译本。1980年,美国威斯康星大学举办了首届国际红学会,"红学"已成为世界文学研究中的重要课题。

【晚清四大谴责小说】指李宝嘉的《官场现形记》、吴趼人的《二十年目睹之怪现状》、刘鹗的《老残游记》和曾朴的《孽海花》。"谴责小说"的名称出自鲁迅先生的《中国小说史略》,一般是指清末民初出现的暴露清末社会黑暗、指斥政治腐败、谴责封建官僚的小说。

3. 流派与并称

【风骚】"风"本指《诗经》"国风","骚"本指《楚辞》中的《离骚》,后以此概指《诗经》和《楚辞》,作为我国古代文学优秀传统的代表;又常作诗歌辞赋的代称;有时也借指文采或文学修养。

【屈宋】战国时屈原与宋玉的并称。屈原为楚辞的开创者,宋玉是楚辞的主要作家之一。

【枚马】汉代辞赋家枚乘和司马相如的并称。枚乘所作《七发》标志汉代大赋正式形成;司马相如则确立了汉赋渲染夸饰、"劝百讽一"的写作传统。

【两司马】西汉辞赋家司马相如和史学家司马迁的并称,二人代表了西汉文学的主要成就,故有"文章西汉两司马"之称。

【班马】西汉司马迁和东汉班固的并称。分别撰有《史记》和《汉书》,在史学上和文学上影响很大。

【三曹】汉魏时诗人曹操及其子曹丕、曹植的并称。三人皆为当时文坛领袖,尤其是曹操、曹植,诗风遒劲,慷慨悲壮,集中体现了"建安风骨"。

【建安七子】汉末建安时期孔融、陈琳、王粲、徐幹、阮瑀、应玚、刘桢七位文学家的并称,七人曾同居邺下,故又称"邺中七子"。他们均能诗善文,作品多反映战乱给人民带来的痛苦,具有慷慨悲凉的风格,也是"建安风骨"的重要代表。

【竹林七贤】魏晋时嵇康、阮籍、山涛、向秀、王戎、刘伶、阮咸(阮籍之侄)的并称。此七人崇尚老庄,纵酒交游,游于山阳(今河南修武)竹林,号为七贤。

【初唐四杰】唐代初年文学家王勃、杨炯、卢照邻、骆宾王的并称。均能诗善文,对改变齐梁以来的浮靡诗风起了很大作用。

【山水田园诗派】唐开元、天宝年间形成的诗歌流派。诗作以寄情山水、歌咏田园生活为特征,代表作家有王维、孟浩然等。

【边塞诗派】唐开元、天宝年间形成的诗歌流派。代表作家有高适、岑参、王昌龄、李颀等,因有边塞生活经历,故诗作多写边塞奇异风光和将士征戍生活,风格豪放,具有浪漫主义色彩。

【李杜】唐代诗人李白和杜甫的并称。李白号称"诗仙",其诗洋溢着积极的浪漫主义精神;杜甫号称"诗圣",其诗充满了强烈的现实主义精神。

【韩柳】唐代散文家韩愈和柳宗元的并称,两人同为唐代古文运动的领袖和代表作家。

【韩孟】唐代文学家韩愈和孟郊的并称。韩擅散文,孟工五言古诗,时号"孟诗韩笔";另外,两人诗风接近,是韩孟诗派的代表作家。

【元白】唐代诗人元稹和白居易的并称。两人同为中唐"新乐府运动"的倡导者。

【三李】唐代诗人李白、李贺、李商隐的并称。三人诗作皆以浪漫主义为特征。

【唐宋八大家】唐代韩愈、柳宗元和宋代欧阳修、苏洵、苏轼、苏辙、王安石、曾巩等八位散文家的并称,因明代茅坤编辑《唐宋八大家文钞》收录其作品而得名。

【苏门四学士】北宋诗人黄庭坚、秦观、晁补之和张耒的并称,因其均受过苏轼的培养和鼓励,出自苏轼门下而得名。

【江西诗派】宋代诗歌流派。以黄庭坚为中心,因成员多为江西人,故称。

【一祖三宗】"一祖"指杜甫,"三宗"指黄庭坚、陈师道、陈与义,三人均为江西诗派代表作家,而江西诗派非常推崇杜甫诗法,故称。

【豪放派】宋词一大流派。由北宋苏轼开创,经南宋辛弃疾而达到高峰。豪放派词作题材广泛,气势雄浑,境界开阔,豪迈奔放,重要作家还有张元幹、张孝祥、陈亮等。

【婉约派】宋词一大流派。代表作家有周邦彦、柳永、秦观、李清照等。婉约派词作题材较狭窄,多为男女恋情和个人遭遇,情思曲折,含蓄蕴藉,语言婉转绮丽。

【元曲四大家】元代关汉卿、白朴、马致远、郑光祖四位著名剧作家的并称。

【前七子】明弘治、正德年间七位文学家即李梦阳、何景明、徐祯卿、边贡、康海、王九思、王廷相的并称,是明代复古主义文学流派之一。

【后七子】明嘉靖、隆庆年间七位文学家即李攀龙、王世贞、谢榛、宗臣、梁有誉、徐中行、吴国伦的并称,是明代复古主义文学的又一流派。

【公安派】明代后期反对前后七子复古主义文学的一大流派,因其代表人物袁宗道、袁宏道、袁中道三兄弟为湖北公安人而得名。

【桐城派】清代最著名的散文流派。代表作家方苞、刘大櫆、姚鼐都是桐城人,被称为"桐城三祖"。他们提出"义法"主张,继而强调"义理、考据、辞章"三者并重,影响极大。五四运动前后,桐城派末流成为新文化运动的主要反对势力。

(二)现代文学

1. 作　　家

【鲁迅】(1881—1936)原名周樟寿,后改名周树人,字豫才,笔名鲁迅,浙江绍兴人。伟大的文学家、思想家和革命家,中国现代文学的奠基人。曾留学日本,后弃医从文,意在改变国民精神。回国后主要在北大、女师大任教。1927年起定居上海,完成了由民主主义者向无产阶级革命战士的伟大转变。鲁迅一生著、译近1000万字,其中杂文集10余部、小说集3部、散文和散文诗集各1部。选入课本的有:小说《社戏》《故乡》《孔乙己》《祝福》《阿Q正传》;散文诗《好的故事》;散文《从百草园到三味书屋》《阿长与山海经》《藤野先生》;杂文《记念刘和珍君》《为了忘却的记念》《中国人失掉自信力了吗》,等等。

【夏丏尊】(1886—1946)名铸,字勉旃,后改字丏尊,号闷庵,浙江上虞人。著名文学家、教育家。早年曾入上海中西书院、绍兴府学堂修业。1905年赴日本留学,1907年回国后开始其教书和编辑生涯。1926年起一边教书,一边从事出版事业,任上海开明书店编辑所长10余年,出版大量中外名著,并编辑发行了《中学生》《新少年》《新女性》等进步报刊。生平著译辑为《夏丏尊文集》。他的《谈吃》一文被选入语文读本。

【刘半农】(1891—1934)原名寿彭,后名复,字半农,江苏江阴人。现代诗人、语言学家。1920年至1925年,先后在英国和法国留学。回国后历任北京大学等校教授。主要作品有诗集《扬鞭集》《瓦釜集》。被选入语文读本的诗歌《教我如何不想她》是中国现代诗歌史上早期的著名诗篇,1920年创作于英国伦敦,后由著名语言音韵学家赵元任谱曲,至今传唱不衰。

【胡适】(1891—1962)字适之,安徽绩溪人。现代作家、学者。早年留学美国,回国后任北大教授。五四初期反对文言文,提倡白话文,是新文化运动的倡导者之一。在文学、哲学、史学、教育学、伦理学、红学等诸多领域都有深入的研究。

【郭沫若】(1892—1978)本名开贞,笔名沫若,四川乐山人。现代作家、诗人、戏剧家、历史学家和古文字学家。曾留学日本,后弃医从文,回国后组织"创造社",开展革命文艺运动。大革命失败后亡命日本,致力于中国古代史研究。中华人民共和国成立后,历任全国文联主席、中国科学院院长、全国人大常委会副委员长。其著作极为丰富,主要诗集有《女神》《星空》,主要剧作有《屈原》《虎符》等,另有小说、散文、评论、学术专著等。诗《天上的街市》《立在地球边上放号》、散文《白鹭》、历史剧本《屈原》(节选)被选入课本。

【丁西林】(1893—1974)原名燮林,字巽甫,江苏泰兴人。现代著名剧作家、物理学家。1914年赴英国伯明翰大学读理科,其间,阅读了大量外国文学作品。1920年回国,任北京大学物理系教授,业余从事剧本创作。主要作品有《一只马蜂》《压迫》等,多为独幕剧。独幕剧《三块钱国币》曾被选入课本。

【毛泽东】(1893—1976)字润之,湖南湘潭人。中国共产党的伟大领袖,中华人民共和国的缔造者。青年时代就投身革命,是中国共产党的创始人之一。他将马列主义与中国革命实际相结合,领导中国人民取得了新民主主义革命的伟大胜利。在长期的革命生涯中,他集政治家、军事家、哲学家和诗人于一身,撰写了大量的政论著作、军事著作和哲学著作,并创作了许多脍炙人口的诗章词作。选入课本的有《纪念白求恩》《中国人民站起来了》《人的正确思想是从哪里来的》《改造我们的学习》《反对党八股》(节选)和词作《沁园春·雪》《沁园春·长沙》《七律·长征》等。

【顾颉刚】(1893—1980)原名诵坤,字铭坚,江苏苏州人。历史学家,"古史辨"学派创建人。知识渊博,治学严谨。曾任中国科学院历史研究所研究员。著述颇丰,主持了《资治通鉴》和二十四史的标点工作。《怀疑与学问》一文被选入课本。

【叶圣陶】(1894—1988)原名叶绍钧,江苏苏州人。著名作家、教育家。曾与沈雁冰等发起组织文学研究会,长期在商务印书馆和开明书店任编辑,并从事创作。中华人民共和国成立后曾任教育部副部长。他有关教育的许多理念,至今仍有很强的现实指导意义。代表作有长篇小说《倪焕之》。被选入课本的有《苏州园林》《记金华的双龙洞》《驱遣我们的想象》《荷花》等。

【邹韬奋】(1895—1944)本名恩润,笔名韬奋,江西余江人。著名政论家、出版家。毕生从事新闻工作,先后在上海、香港主编《大众生活》等刊物。《工作的大小》一文曾被选入课本。

【周瘦鹃】(1895—1968)原名国贤,江苏苏州人。现代作家、文学翻译家。中学时代即开始文学创作,20世纪二三十年代蜚声文坛。抗战前夕,曾和鲁迅、郭沫若等数十人发表联合宣言,积极呼号御侮。中华人民共和国成立后,他一边写作,一边从事园艺工作。"文化大革命"中被迫害致死。作品《杜鹃枝上杜鹃啼》曾被选入课本。

【林语堂】(1895—1976)原名和乐、玉堂,后改名语堂,福建龙溪(今漳州)人。著名作家、学者。早年留学美国、德国,曾和鲁迅长期共事,提倡小品文创作。著有长篇小说《京华烟云》等。

【冯友兰】(1895—1990)字芝生,河南唐河人。著名哲学家、哲学史家。1915年,进入北京大学主修中国哲学,1919年,赴美留学,回国后历任中州大学、中山大学、燕京大学、清华大学教授。抗战期间任西南联大哲学系教授兼文学院院长。1948年,任中央研究院院士。1952年,任北京大学哲学系教授、中国科学院哲学社会科学部学部委员。20世纪30年代出版《中国哲学史》,肯定了传统儒家的价值。20世纪40年代写《新理学》《新事论》《新世训》等,以程朱理学结合新实在论,构建其"新理学"体系。中华人民共和国成立后著有《中国哲学史新编》等,论著编为《三松堂全集》。文化随笔《人生的境界》曾被选入课本。

【郁达夫】(1896—1945)名文,字达夫,浙江富阳人。现代作家。曾留学日本,归国后与郭沫若等组织了创造社。20世纪30年代,与鲁迅有长期而亲密的交往。1945年在印尼被日本宪兵杀害。代表作有小说《沉沦》《春风沉醉的晚上》等。散文《故都的秋》被选入课本。

【茅盾】(1896—1981)原名沈德鸿,字雁冰,笔名茅盾,浙江桐乡人。现代著名作家、文学评论家。是文学研究会的发起人之一,积极开展革命文艺运动,在鲁迅及其作品研究方面有开创性贡献。中华人民共和国成立后曾任文化部部长、全国文联副主席。他创作了大量杰出的文学作品,代表作有长篇小说《子夜》,短篇小说《林家铺子》和农村三部曲《春蚕》《秋收》《残冬》等。选入课本的有散文《白杨礼赞》《天窗》。

【徐志摩】(1897—1931)原名章垿,后改名志摩,笔名诗哲、南湖等,浙江海宁人。新月派诗人。曾留学美国、英国,回国后曾先后在北京大学、国立中央大学任教。主要作品有《志摩的诗》《翡冷翠的一夜》等。诗作《再别康桥》被选入课本。

【宗白华】(1897—1986)原名之櫆,字伯华,江苏常熟人。美学家、哲学家、诗人。1916年入同济大学预科同济医工学堂学习。早年积极投身于新文化运动。1920年赴德留学,1925年回国后在南京、北京等地大学任教。曾任中华全国美学学会理事。他是我国现代美学的先行者和开拓者,被誉为"融贯中西艺术理论的一代美学大师"。主要著作有《美学散步》《艺境》等,译作有康德的《判断力批判》

等。《中国艺术表现里的虚和实》一文曾被选入课本。

【朱光潜】(1897—1986)笔名孟实、孟石,安徽桐城人。美学家、文艺理论家。1917年考入武昌高等师范学校,次年进入香港大学学习,毕业后曾与朱自清、夏丏尊等在上海成立立达学园,筹办开明书店和《一般》杂志。从1925年起,先后在英国和法国多所大学留学。1933年回国后,先后在北京大学、四川大学、武汉大学任教。1949年后一直是北京大学教授,主要从事美学研究工作,在一系列重大美学理论问题上,提出了独到的见解,成为美学界一个重要流派的代表。他还致力于翻译西方美学名著。主要著作有《文艺心理学》《诗论》《给青年的十二封信》《谈美书简》《西方美学史》等。《无言之美》被选入课本。

【朱自清】(1898—1948)原名自华,字佩弦,号秋实,祖籍浙江绍兴,生于江苏东海,后随祖父、父亲定居江苏扬州。现代作家、学者、民主战士。曾留学英国,是文学研究会成员,长期在清华大学任教,从事创作与学术研究,最后成为一名坚强的民主战士。其著作共 26 种,约 200 万字。散文《背影》《春》《绿》《荷塘月色》《匆匆》等被选入课本。

【翦伯赞】(1898—1968)湖南桃源人。著名历史学家。从 1940 年开始,长期在周恩来同志的直接领导下,从事统一战线和理论宣传工作,并以极大的努力对中国的历史进行了系统的研究,先后完成了《中国史纲》第一、二卷和《中国史论集》等上百万字的著作。中华人民共和国成立以后,他被任命为政务院文化教育委员会委员,被聘为燕京大学社会系教授,北京大学历史系教授兼系主任、副校长,中国科学院哲学社会科学部学部委员。"文化大革命"中被迫害致死。作品《内蒙访古》曾被选入课本。

【丰子恺】(1898—1975)浙江桐乡人。文学家、艺术家。早年师从李叔同学习绘画、音乐。1921 年去日本留学。20 世纪 20 年代初开始创作漫画,常作"古诗新画",亦常以儿童生活为题材。作品造型简括,画风朴实。中华人民共和国成立以后曾任中国美术家协会常务理事、上海中国画院院长。他主张"沟通文学及绘画的关系",绘画之余亦创作散文。著译颇富,有《缘缘堂随笔》等多种。选入课本的有《手指》《白鹅》。

【瞿秋白】(1899—1935)原名阿双,后改名爽,又名霜,江苏常州人。中国共产党早期领导者之一,著名作家、翻译家、文艺理论家。毕生从事革命斗争,曾与鲁迅一起领导左翼文化运动。主要作品有散文集《饿乡纪程》《赤都心史》,杂文集《乱弹及其它》。《〈鲁迅杂感选集〉序言》的节选《鲁迅的精神》曾被选入课本。

【闻一多】(1899—1946)原名家骅,笔名一多,湖北浠水人。现代诗人、学者、民主战士。曾留学美国,归国后历任青岛大学、清华大学教授。抗战胜利后,英勇投入爱国民主运动,被国民党特务暗杀。主要作品有诗集《红烛》《死水》。《最后一次讲演》《红烛》被选入课本。

【老舍】(1899—1966)原名舒庆春,字舍予,笔名老舍,满族,北京人。现代作家。五四时期开始白话文创作。曾赴英国任伦敦大学东方学院中文讲师。回国后任齐鲁大学、山东大学教授。中华人民共和国成立后,任政务院文教委员、全国文联副主席等。1951年被北京市人民政府授予"人民艺术家"称号。主要作品有长篇小说《老张的哲学》《骆驼祥子》《四世同堂》,话剧《龙须沟》《茶馆》等。选入课本的有《他像一棵挺脱的树》(选自《骆驼祥子》)、《母鸡》、《猫》、《草原》,《茶馆》(第一幕)等。

【王力】(1900—1986)字了一,广西博白人。著名语言学家,中国现代语言学的奠基人之一。26岁考入清华研究院,27岁留学法国,1931年获巴黎大学文学博士学位。1932年回国,从此开始致力于中国现代汉语语言学的教学和研究工作,曾任教于清华大学、燕京大学、西南联合大学等多所大学,担任过岭南大学文学院院长、北京大学中文系副主任、中国社会科学院哲学社会科学部学部委员、语言研究所学术委员会委员等职。语言学方面的著作主要有《汉语史稿》《中国语言学史》《同源字典》等,有散文集《龙虫并雕斋琐语》。《语言与文学》一文曾被选入课本。

【夏衍】(1900—1995)原名沈乃熙,字端先,浙江杭州人。现代戏剧家、电影艺术家。曾留学日本,回国后,积极投身革命文艺运动,创作了许多剧本。中华人民共和国成立后任文化部副部长、电影家协会主席等职。主要剧作有《上海屋檐下》《法西斯细菌》等,并改编了《春蚕》《祝福》《林家铺子》等。著名报告文学《包身工》被选入课本。

【冰心】(1900—1999)原名谢婉莹,笔名冰心,福建长乐人。现代女作家、翻译家、儿童文学家。五四时期开始创作,曾参加文学研究会,创作轰动一时的"问题小说"、"冰心体"小说,是当时最有影响的女作家之一。1923年在美国留学时写了书信体散文集《寄小读者》,1958年开始写《再寄小读者》,20世纪80年代继续创作《三寄小读者》。选入课本的有《荷叶·母亲》、《繁星》三首、《忆读书》。

【陈毅】(1901—1972)字仲弘,四川乐至人。中国无产阶级革命家、军事家、外交家。早年赴法国勤工俭学,是南昌起义领导人之一,抗战期间曾任新四军军长,解放战争时任第三野战军司令员兼政委。中华人民共和国成立后任国务院副总理兼外交部长。长于诗词创作。《梅岭三章》被选入课本。

【贾祖璋】(1901—1988)浙江海宁人。现代科普作家。从小钟情大自然,喜爱花鸟鱼虫。1920年毕业于浙江省立第一师范学校。曾任小学教师、商务印书馆和开明书店编辑,中华人民共和国成立后历任中国青年出版社和科学普及出版社副总编辑、中国科普创作协会副理事长、福建省科普创作协会理事长等职务。他所撰写的科普读物主要有《鸟类研究》《鸟与文学》《生命的韧性》《生物学碎锦》《花与文学》等。其科学小品熔知识性、思想性、趣味性于一炉,语言简洁洗练,文笔清新朴实,深受读者欢迎。科学小品《花儿为什么这样红》《南州六月荔枝丹》曾被选入课本。

【鲁彦】(1902—1944)即王鲁彦,原名王衡,浙江镇海(今宁波市北仑区)人。现代作家。文学研究会成员,长期从事编辑和文教工作。抗战爆发后,为抗战文艺运动作出了积极贡献。其作品多描写农民生活,被鲁迅称为"乡土文学"作家。代表作是长篇小说《愤怒的乡村》。散文《听潮》曾被选入课本。

【沈从文】(1902—1988)原名沈岳焕,湖南凤凰人。现代作家、文物学家。早年通过刻苦自学走上文坛,在20世纪30年代时有"多产作家"的赞誉,曾任北京大学教授。中华人民共和国成立后,任中国社会科学院研究员,为祖国古文物研究作出了卓越贡献。中篇小说《边城》(节选)、《腊八粥》被选入课本。

【丁玲】(1904—1986)原名蒋伟,字冰之,湖南临澧人。现代女作家。小说《莎菲女士的日记》为其早期代表作。曾任"左联"党团书记。其作品显示了当时革命文学的实绩。后进入解放区,写出了著名的长篇小说《太阳照在桑干河上》,这部名作获1951年斯大林文学奖。《果树园》曾被选入课本。

【吕叔湘】(1904—1998)江苏丹阳人。著名语言学家、语文教育家,现代汉语语法的开创人之一。1926年毕业于东南大学外文系。1936年赴英国留学。回国后,先后在云南大学、华西协和大学中国文化研究所、金陵大学中国文化研究所、中央大学任职。中华人民共和国成立后曾任中国社会科学院语言研究所所长、《中国语文》杂志主编、中国语言学会会长、国务院学位委员会委员、《中国大百科全书》总编辑委员会委员等职。主要著作有《中国文法要略》《语法修辞讲话》《吕叔湘语文论集》等。《语言的演变》一文曾被选入课本。

【巴金】(1904—2005)本名李尧棠,字芾甘,四川成都人。现代著名作家。曾旅居巴黎,并开始文学创作。回国后与鲁迅交往密切,先后创作了《爱情三部曲》(《雾》《雨》《电》)、《激流三部曲》(《家》《春》《秋》)和《抗战三部曲》(《火》三部)。中华人民共和国成立后曾任全国文联副主席、中国作协主席。"文化大革命"后发表五卷《随想录》,反思"文革"。1985年创议建立中国现代文学馆。2003年被国务院授予"人民作家"荣誉称号。选入课本的有《鸟的天堂》《繁星》等。

【戴望舒】(1905—1950)浙江杭州人。现代诗人。1923年前后开始学写新诗。早期作品大都抒发个人情怀,有唯美主义倾向,艺术上具有鲜明的个人风格,是"现代诗派"的代表作家。1932年去法国。抗日战争爆发后回国从事抗日宣传工作。1941年不幸在香港被日军逮捕,在狱中受伤致病。1949年解放前夕从香港回到北京,从事外文翻译工作。他的前期作品大都收入《望舒诗稿》,后期作品收入《灾难的岁月》。选入课本的有《萧红墓畔口占》《在天晴了的时候》。

【施蛰存】(1905—2003)浙江杭州人。现代作家、学者。1913年随父母迁居松江。1932年任《现代》文学月刊主编。抗战爆发后,曾任云南大学、厦门大学、暨南大学教授,1952年起任华东师范大学中文系教授。他的文学创作活动主要在抗日战争前,共发表了50多篇小说,是新感觉派小说的代表作家。其作品以心理描写见长,主要作品有小说集《上元灯》《将军底头》《梅雨之夕》等。小说《梅雨之夕》被选入语文读本。

【臧克家】(1905—2004)山东诸城人。现代诗人。20世纪30年代初,在闻一多先生鼓励下,开始发表新诗。因他从小生活在农村,诗作多为农村题材,有"农民诗人""泥土诗人"

之称。抗战期间曾出版 5 部诗集和两部长诗。中华人民共和国成立后,出版了多部诗集、文艺论集和许多随笔。选入课本的有《说和做——记闻一多先生言行片段》、诗作《有的人》。

【赵树理】(1906—1970)山西沁水人。现代作家。早年即从事通俗文学的创作。20 世纪 40 年代先后发表《小二黑结婚》《李有才板话》《李家庄的变迁》等作品,影响很大。中华人民共和国成立后继续深入农村生活,又写出了《三里湾》《锻炼锻炼》等小说。代表作《小二黑结婚》(节选)被选入课本。

【吴伯箫】(1906—1982)原名熙成,山东莱芜人。现代散文家。学生时代即开始散文创作。抗战期间到延安后,从事教育工作,并坚持创作。中华人民共和国成立后曾任人民教育出版社副社长、中国社科院文学研究所副所长。其作品感情真挚,朴实自然。《灯笼》被选入课本。

【李健吾】(1906—1982)笔名刘西渭,山西运城人。现代作家、戏剧家、文学翻译家。学生时代即写作小说、散文和新诗。曾留学法国,研究福楼拜作品。回国后致力于教学、写作和翻译工作。中华人民共和国成立后曾任上海戏剧专科学校戏剧文学系主任、北京大学文学研究室研究员和中国科学院外国文学研究所研究员等职。散文《雨中登泰山》曾被选入课本。

【周立波】(1908—1979)原名周绍仪,湖南益阳人。现代作家。曾在延安鲁迅艺术学院任教,后赴东北参加土改,创作了长篇小说《暴风骤雨》,1951年荣获斯大林文学奖。中华人民共和国成立后还创作了长篇小说《铁水奔流》《山乡巨变》。曾被选入课本的有小说《分马》和散文《娘子关前》。

【吴组缃】(1908—1994)原名祖襄,字仲华,安徽泾县人。现代作家、著名学者。学生期间即开始小说创作。从1935年起任冯玉祥的国文教师、秘书,长达13年,其间还创作了长篇小说《鸭嘴涝》和一批短篇小说、散文。中华人民共和国成立后历任清华大学、北京大学教授,是全国《红楼梦》研究会会长、中国散文学会会长。在创作的同时,主要从事中国文学史,尤其是小说史的研究。《我国古代小说的发展及其规律》一文曾被选入课本。

【吴晗】(1909—1969)原名吴春晗,字辰伯,浙江义乌人。著名历史学家、杂文作家。曾与闻一多一起积极参加爱国民主运动,是闻名的民主战士。中华人民共和国成立后历任清华大学历史系主任、文学院院长、北京市副市长等职。致力于历史研究几十年,著作颇多,是著名的明史研究专家。代表作有《朱元璋传》、京剧剧本《海瑞罢官》。《谈骨气》一文曾被选入课本。

【柯灵】(1909—2000)原名高季琳,浙江绍兴人。电影剧作家、散文家。1926年在上海发表叙事诗《织布的妇人》,从此步入文坛。1948年到香港《文汇报》工作。1949年回上海后历任《文汇报》副社长兼副总编、上海电影剧本创作所所长、上海电影艺术研究所所长、《大众电影》主编、上海作协书记处书记等职。主要作品有散文集《望春草》《香雪海》,剧本《不夜城》《秋瑾传》等。散文《乡土情结》曾被选入课本。

【张中行】(1909—2006)河北香河人。当代作家、语文教育家。1931年毕业于通县师范学校,1935年毕业于北京大学中国语言文学系。曾任教于中学、大学,并办过佛学刊物。中华人民共和国成立后,任人民教育出版社编辑、特约编审。主要从事中国语文、古典文学及思想史研究。主要著作有《顺生论》《禅外说禅》《佛教与中国文学》,散文集《负暄琐话》和自传作品《流年碎影》等。散文《螳螂》被选入语文读本。

【曹禺】(1910—1996)原名万家宝,湖北潜江人。现代戏剧家。学生时期就经常参加戏剧演出,大学毕业前写成话剧《雷雨》,轰动剧坛。此后又创作了《日出》《原野》《北京人》等剧本。1949年后,其剧作有了新的变化,主要作品有《明朗的天》、《胆剑篇》(与梅阡合著)、《王昭君》。曹禺在话剧艺术上的成就,使他成为现代文学史上最有成就的戏剧家之一。《雷雨》(节选)被选入课本。

【艾青】(1910—1996)原名蒋正涵,浙江金华人。现代诗人。曾赴法国勤工俭学。1932年回国后,从事爱国运动,遭逮捕入狱,在狱中创作了他的诗歌名篇《大堰河——我的保姆》,名震诗坛。20世纪40年代在延安先后出版6部诗集和许多长诗。1949年后,创作的主要诗集有《欢呼集》《宝石的红星》等。《大堰河——我的保姆》《我爱这土地》等被选入课本。

【钱锺书】(1910—1998)字默存,号槐聚,江苏无锡人。现代作家、著名学者。他博学多能,学贯中西,曾任西南联大、暨南大学、清华大学教授,1953年任中国科学院文学研究所研究员,1982年任中国社会科学院副院长。有散文集《写在人生边上》,短篇小说集《人·兽·鬼》,长篇小说《围城》,文论及诗文评论《谈艺录》和《宋诗选注》《管锥编》《七缀集》等。

【姚雪垠】(1910—1999)原名姚冠三,河南邓州人。现代作家。20世纪30年代即开始发表小说,中华人民共和国成立后从事文学创作。其代表作《李自成》共5卷,约300万字。这部历史小说巨著,经过了长时期的酝酿准备,倾注了作者几十年的心血,其第二卷节选曾被选入课本。

【萧乾】(1910—1999)原名萧秉乾,黑龙江兴安岭人。现代作家、翻译家。1939年赴英国讲学。二战期间,曾作为《大公报》记者在欧洲战场采访,写出许多优秀特写。1979年赴美进行文学交流活动,历时4个多月,写出特写集《美国点滴》。有长篇小说《梦之谷》、报告文学集《人生采访》和翻译作品《好兵帅克》《培尔·金特》《尤利西斯》等。特写作品之一《枣核》曾被选入课本。

【季羡林】(1911—2009)山东临清人。梵文学家、翻译家。1934年毕业于清华大学西洋文学系,翌年作为清华大学与德国的交换研究生赴德国哥廷根大学学习梵文、巴利文、吐火罗文,获哲学博士学位。1946年回国,在北京大学东方语言文学系任教授,曾任北京大学副校长、南亚研究所所长、中国史学会常务理事等职。对印度古代语言、印度古典文学、印度佛教史以及中印文化关系等有精深研究。著作颇丰,有《印度古代语言论集》《中印文化关系史论文集》《原始佛教的语言问题》《佛教与中印文化交流》《印度简史》等,译有《罗摩衍那》《沙恭达罗》《五卷书》等。《月是故乡明》被选入课本。

【杨绛】(1911—2016)原名杨季康,原籍江苏无锡,生于北京。当代女作家、翻译家。1932年毕业于苏州东吴大学。1935年至1938年与丈夫钱锺书一同留学于英、法等国,回国后历任上海震旦女子文理学院外语系教授、清华大学西语系教授。中华人民共和国成立后任中国社会科学院外国文学研究所研究员。1970年下放到干校劳动,1972年回到北京。"文革"后继续研究、翻译外国文学,并从事散文创作。所著关于干校生活的散文集《干校六记》,出版后很受推崇,并被翻译成多种语言;长篇小说《洗澡》以客观超脱的白描手法,记录了一群知识分子在1953年思想改造期间的生活遭遇以及他们在政治运动中的不同心态和表现,出版后在知识分子中引起了很大反响;2003年出版的家庭纪事散文《我们仨》,因其真挚的情感和优美隽永的文笔而深深打动读者,被称为年度"最具有影响力的回忆录"。主要作品还有剧本《称心如意》《弄假成真》,散文集《将饮茶》《记钱锺书与〈围城〉》等,译作有《堂·吉诃德》《吉尔·布拉斯》《小癞子》等。散文《老王》被选入课本。

【马南邨】(1912—1966)原名邓拓,笔名马南邨,福建闽侯人。新闻工作者、杂文家、历史学家。曾从事工人运动、史学研究和报刊领导工作。中华人民共和国成立后曾任《人民日报》社长兼总编辑。20世纪60年代写作的《燕山夜话》,共收杂文150篇,具有较强的思想性、艺术性和趣味性。《不求甚解》被选入课本。

【杨朔】(1913—1968)原名杨毓瑨,山东蓬莱(今属烟台)人。现代作家。20世纪30年代参加革命后开始创作小说、散文。抗美援朝时,随军入朝,著有长篇小说《三千里江山》。此后主要从事外事工作,并坚持创作。其作品以散文最出色,构思新颖,充满诗情画意。《荔枝蜜》曾被选入课本。

【唐弢】(1913—1992)原名唐端毅,浙江镇海(今属宁波)人。现代作家、文学评论家。20世纪30年代曾在鲁迅影响下写作散文和杂文。鲁迅去世后,参加《鲁迅全集》的编校工作。中华人民共和国成立后任中国科学院文学研究所研究员,主要从事杂文写作和现代文学研究。散文《同志的信任》《琐忆》,评论《作家要铸炼语言》曾被选入课本。

【孙犁】(1913—2002)原名孙树勋,河北安平人。现代作家。曾当过职员和小学教师。20世纪40年代到延安,发表了《荷花淀》《芦花荡》等优秀短篇小说。1949年后,主要作品有长篇小说《风云初记》,中篇小说《铁木前传》,还有一些散文集、论文集。小说《荷花淀》被选入课本。

【杨沫】(1914—1995)原名杨成业,湖南湘阴人。现代女作家。代表作《青春之歌》是一部反映20世纪30年代知识分子精神面貌和思想历程的优秀作品。其节选《坚强的战士》曾被选入课本。

【徐迟】(1914—1996)原名徐商寿,浙江吴兴(今湖州)人。现代诗人、报告文学家。抗战以前即开始诗歌、小说创作。1949年以后作品很多,代表作有诗集《共和国的歌》、特写集《我们这时代的人》、报告文学集《哥德巴赫猜想》。游记散文《黄山记》曾被选入课本。

【叶君健】(1914—1999)湖北红安人。翻译家、儿童文学家。他能用汉语、英语、世界语三种文字进行创作,著有童话、散文、小说多种。主要译作有《安徒生童话集》,主要作品有《叶君健童话故事集》,中篇小说《开垦者的命运》《在草原上》,长篇小说《土地》三部曲(《火花》《自由》《曙光》)等。《看戏》一文曾被选入课本。

【周而复】(1914—2004)原名周祖式,安徽旌德人。现代作家。20世纪30年代末到延安从事革命文艺工作,写了长篇报告文学《诺尔曼·白求恩断片》。中华人民共和国成立后主要从事外事工作,同时坚持创作,代表作有长篇小说《上海的早晨》。《截肢和输血》一文曾被选入课本。

【严文井】(1915—2005)原名严文锦,湖北武昌(今属武汉)人。现代作家、儿童文学家。

20世纪30年代到延安从事革命文艺工作。1949年后曾在《人民文学》编辑部工作。其作品影响最大、成就最高的是寓言和童话,故事生动,构思巧妙,富有哲理和诗意。《永久的生命》被选入课本。

【柳青】(1916—1978)原名刘蕴华,陕西吴堡人。现代作家。主要从事长篇小说的创作,有反映解放区农村互助合作运动的《种谷记》,有反映解放战争的《铜墙铁壁》。代表作是《创业史》,这部反映农村社会主义革命的史诗性巨著已出两部,作者未及完稿即病逝。《创业史》节选《梁生宝买稻种》曾被选入课本。

【田间】(1916—1985)原名童天鉴,安徽无为人。现代诗人。中学时代即开始诗歌创作。抗战时期写了许多鼓舞抗战的诗歌,被闻一多誉为"时代的鼓手"。主要作品有《中国牧歌》《赶车传》等。《假使我们不去打仗》曾被选入课本。

【袁珂】(1916—2001)四川新都(今属成都)人。著名学者。曾任四川省社会科学院研究员。长期从事古代神话的研究,代表作《中国古代神话》是我国第一部汉民族古代神话专著,作者根据古文献资料,将片断的古神话叙述成一个故事系统。选入课本的有《盘古开天地》《女娲补天》《女娲造人》。

【刘白羽】(1916—2005)山东潍坊青州人,出生于北京。现代作家。20世纪30年代开始文学创作,40年代是随军记者。抗美援朝期间曾两赴朝鲜,此后主要从事文化工作。其作品以散文为主,代表作有散文集《万炮震金门》《红玛瑙集》《长江三日》等。《长江三峡》曾被选入课本。

【碧野】(1916—2008)原名黄潮洋,广东大埔人。现代作家。他在50多年的文学生涯中,创作了7部长篇小说、3部中篇小说以及多部散文集。散文《七月的天山》被选入课本。

【穆旦】(1918—1977)原名查良铮,浙江海宁人。著名诗人和诗歌翻译家。在中学读书时开始诗歌创作。1935年考入清华大学外语系。抗日战争爆发后到昆明,在西南联大求学和任教。1942年毅然加入中国远征军赴缅甸作战。1949年赴美留学。1953年回国后任教南开大学外文系,致力于俄、英诗歌翻译。

1958年被指为"历史反革命",受到10多年的管制、批判,1975年恢复诗歌创作。1979年被平反。主要著作有诗集《探险队》《旗》等,主要译作有《欧根·奥涅金》《唐璜》等。诗歌作品《我看》被选入课本。

【琦君】(1917—2006)原名潘希真,浙江永嘉(今属温州)人。当代女作家。大学毕业后曾任中学教员,1949年去台后长期在司法部门工作。曾任台湾中央大学中文系教授,后移居美国新泽西州,2004年返台定居。长于散文及儿童文学创作,1954年出版第一本散文小说合集《琴心》。其作品被译为英、日、朝鲜等多种文字,深受海内外读者欢迎,被誉为"台湾文坛上闪亮的恒星"。根据其小说《橘子红了》改编的同名电视剧在台湾和大陆播放后引起了热烈的反响。《桂花雨》被选入课本。

【南怀瑾】(1918—2012)生于浙江乐清。著名文化学者。少年时期即遍读诸子百家,并研习文学书法、诗词曲赋、天文历法诸学。青年时期曾先后在中央军校、云南大学、四川大学任教或讲学。后移居台湾,执教于台湾文化大学、辅仁大学。曾入选为"台湾十大最有影响的人物"之一。1985年离台赴美,成立"东西学院",旨在推进东西方文化的交流。1988年移居香港,2004年移居上海,2006年移居江苏苏州,创建太湖大学堂。他的研究涉及儒、道、释,主要著作有《论语别裁》《老子他说》《孟子旁通》等。《半壁江山一纸书》一文被选入语文读本。

【郭小川】(1919—1976)原名郭恩大,河北丰宁人。现代诗人。抗战时期在延安创作了许多鼓舞斗志的诗篇。中华人民共和国成立后任中国作家协会秘书长,坚持诗歌创作。《青纱帐——甘蔗林》曾被选入课本。

【秦牧】(1919—1992)原名林觉夫,广东澄海人。现代作家。其文学创作涉及面广,写过小说、诗歌、散文、杂文以及文艺评论、科学小品,但以散文为主。影响最大的作品是文艺随笔集《艺海拾贝》《语林采英》。科学小品《大自然警号长鸣》、散文《土地》曾被选入课本。

【汪曾祺】(1920—1997)江苏高邮人,现代作家。1939年考入西南联大中国文学系。20

岁开始发表作品。中华人民共和国成立后曾在北京市文联和中国民间文艺研究会工作,担任过《北京文艺》《说说唱唱》《民间文学》等文艺刊物的编辑。1958年被划为"右派"后下放劳动将近4年。从1962年起,一直在北京京剧团当编剧。他是较早意识到要把现代创作和传统文化结合起来的作家之一。主要作品有《受戒》《大淖记事》等。散文《昆虫备忘录》《昆明的雨》等被选入课本。

【魏巍】(1920—2008)笔名红杨树,河南郑州人。现代作家。毕业于延安抗大,长期从事部队宣传工作和文学创作。写有多部小说集、诗集、杂文集,代表作是苦心创作20多年的长篇小说《东方》,该书于1982年获首届茅盾文学奖。《我的老师》《谁是最可爱的人》《依依惜别的深情》等曾被选入课本。

【杜鹏程】(1921—1991)笔名司马君,陕西韩城人。现代作家。曾是随军记者,1949年后从事文学创作。所著《保卫延安》,是我国第一部大规模描写解放战争的长篇小说。短篇小说《夜走灵官峡》曾被选入课本。

【何为】(1922—2011)原名何敬亚,浙江定海(今属舟山)人。现代作家。中学时期即发表小说《路》。自抗战至解放前夕,发表许多小说和散文。1949年后曾任电影厂编辑,后转为专业作家。代表作《第二次考试》曾被选入课本。

【峻青】(1922—2019)原名孙俊卿,山东海阳人。现代作家。曾是随军记者,1949年后从事文学创作。代表作有长篇小说《海啸》《决战》,短篇小说集《黎明的河边》等。散文《海滨仲夏夜》《雄关赋》和小说《党员登记表》曾被选入课本。

【贺敬之】(1924—)山东峄县(今属枣庄)人。现代诗人。抗战时期开始诗歌和散文创作。曾在延安鲁艺学习,和丁毅等集体创作了大型歌剧《白毛女》。1949年后曾任中国戏剧协会书记处书记、文化部副部长。《回延安》《放声歌唱》《雷锋之歌》《西去列车的窗口》等都是脍炙人口的诗作。诗作《回延安》被选入课本。

【金庸】(1924—2018)原名查良镛,笔名林欢。浙江海宁人。当代香港武侠小说家。曾任《大公报》记者,1948年到香港。20世纪50年代开始创作新派武侠小说,主要有《书剑恩仇录》《碧血剑》《射雕英雄传》《神雕侠侣》《倚天屠龙记》《天龙八部》《鹿鼎记》等。其作品情节曲折生动,富有浪漫色彩和象征意味,深受老、中、青各类读者的欢迎,并多次被改编为电影和电视剧。

【茹志鹃】(1925—1998)祖籍浙江杭州,生于上海。当代女作家。以创作短篇小说著名,代表作是《静静的产院》。短篇小说《百合花》被选入课本。

【李瑛】(1926—2019)河北丰润人。当代女诗人。1945年到1949年在北京大学学习期间,发表了大量诗歌、散文作品。后陆续出版了20多本诗集。主要作品有诗集《静静的哨所》《在燃烧的战场上》《李瑛诗选》等。诗集《我骄傲,我是一棵树》曾获全国优秀新诗一等奖。诗歌《纸船》曾被选入语文读本。

【高晓声】(1928—1999)江苏武进(今常州)人,当代作家。著名作品有小说《李顺大造屋》《陈奂生上城》等。其创作多取材于苏南农村生活,揭示社会、经济变革对普通农民命运的影响,剖析农民身上的劣根性。因塑造了陈奂生这一继阿Q之后的典型农民形象而获得高度评价。《陈奂生上城》曾被选入课本。

【余光中】(1928—2017)祖籍福建永春,出生于南京。现代诗人。1947年考入金陵大学外语系。1948年转入厦门大学外文系。1949年考入台湾大学外文系。从1956年开始,先后在台湾东吴大学、台湾师范大学、台湾政治大学、香港中文大学和台湾中山大学任教。其间两度应邀赴美任多所大学客座教授。他是台湾诗人中作品最丰富的一位。主要作品有诗集《舟子的悲歌》《白玉苦瓜》《天狼星》《高楼对海》和散文集《左手的缪思》《望乡的牧神》《听听那冷雨》《日不落家》等。诗歌《乡愁》被选入课本,散文《沙田山居》被选入语文读本。

【陆文夫】(1928—2005)江苏泰兴人,当代作家。著名作品有短篇小说《献身》《小贩世家》和《围墙》。《美食家》获全国优秀中篇小说奖。

【宗璞】(1928—　)原名冯钟璞,祖籍河南唐河,生于北京。当代女作家。成名作是短篇小说《红豆》,代表作是中篇小说《三生石》,长篇小说《东藏记》曾获第六届茅盾文学奖。选入课本的有《紫藤萝瀑布》《丁香结》。

【王愿坚】(1929—1991)山东诸城人。当代作家。以善于描写革命历史题材著称。著名作品有《七根火柴》《普通劳动者》,这两篇小说曾被选入课本。《足迹》获1978年全国优秀短篇小说奖。他还曾将李心田的中篇小说《闪闪的红星》改编成电影,产生了较大的影响。选入课本的有《灯光》《党费》。

【李国文】(1930—　)原籍江苏盐城,出生于上海。当代作家。1957年发表反对官僚主义的短篇小说《改选》,引起一定反响。不久被打成右派,下放劳动。"文化大革命"结束后重新开始创作。1980年,小说《月食》获全国优秀短篇小说奖。1982年,长篇小说《冬天里的春天》获首届茅盾文学奖。1984年,小说《危楼纪事》获全国优秀短篇小说奖。小说《桐花时节》被选入语文读本。

【李泽厚】(1930—2021)湖南宁乡人。著名哲学家、美学家。1954年毕业于北京大学哲学系,不久即以重实践、尚"人化"的"客观性与社会性相统一"的美学观卓然成家。曾任中国社会科学院哲学研究所研究员,德国图宾根大学,美国威斯康星大学、密歇根大学等多所大学客座教授。1988年当选巴黎国际哲学院院士,1998年获美国科罗拉多学院荣誉人文学博士学位。主要著作有《美的历程》《美学四讲》《论语今读》等。《汉代艺术的美学风貌》一文被选入语文读本。

【流沙河】(1931—2019)原名余勋坦,四川成都人。1947年入四川省立成都中学高中部学习,后考入四川大学。1950年,任《川西农民报》编辑。1956年到1957年,参加《星星》诗刊的筹备和创办工作。1957年被错划为右派,1978年平反,之后调回四川省文联。主要作品有诗集《农村夜曲》《告别火星》《流沙河诗集》等。诗歌《就是那一只蟋蟀》被选入语文读本。

【邵燕祥】(1933—2020)原籍浙江萧山,生于北京。当代诗人。曾用燕翔、雁翔等笔名。诗集《到远方去》《迟开的花》均获奖。近年来常写杂文,笔锋锐利,影响颇大。

【王蒙】(1934—　)原籍河北南皮,生于北京。当代作家。20世纪80年代曾任文化部部长。著名作品有长篇小说《青春万岁》,中篇小说《蝴蝶》《相见时难》,短篇小说《组织部来了个青年人》《最宝贵的》《悠悠寸草心》等。2019年荣获"人民艺术家"称号。《这边风景》荣获第九届茅盾文学奖。

【刘绍棠】(1936—1997)北京通县人。当代作家。他的小说语言清新纯朴,乡土气息浓郁。成名作是短篇小说《青枝绿叶》,《蒲柳人家》《蛾眉》获全国优秀中短篇小说奖。《老师领进门》、《蒲柳人家》(节选)被选入课本。

【张贤亮】(1936—2014)江苏盱眙人。当代作家。著名作品有短篇小说《灵与肉》《肖尔布拉克》,中篇小说《龙种》《绿化树》《河的子孙》,长篇小说《男人的一半是女人》等。

【张洁】(1937—2022)原籍辽宁抚顺,生于北京。当代女作家。短篇小说《从森林里来的孩子》《谁生活得更美好》分别获 1978 年、1979 年全国优秀短篇小说奖,中篇小说《祖母绿》获全国优秀中篇小说奖。短篇小说《爱,是不能忘记的》的发表,震撼当代文坛,引起激烈的争议。长篇小说《沉重的翅膀》于 1985 年获第二届茅盾文学奖,《无字》获第六届茅盾文学奖。其散文也别具一格。《挖荠菜》一文曾被选入课本。

【琼瑶】(1938—)原名陈喆,祖籍湖南衡阳,生于四川成都。当代台湾女作家。9 岁在上海《大公报》发表处女作。移居台北后出版小说《窗外》,从此登上文坛。以写言情小说著称,先后出版了《在水一方》《几度夕阳红》《庭院深深》《心有千千结》等 40 多部中长篇小说,其中不少被改编成电影或电视剧。根据她的历史题材小说《还珠格格》改编的同名电视连续剧受到普遍欢迎。

【蒋子龙】(1941—)河北沧县人,当代作家。小说《乔厂长上任记》在 1979 年全国优秀短篇小说评选中名列前茅。中篇小说《开拓者》《赤橙黄绿青蓝紫》《阴错阳差》等也深受读者欢迎。

【刘再复】(1941—　)福建南安人。曾任中国社会科学院文学研究所所长、研究员、学术委员会主任、《文学评论》主编、中国作家协会理事。1989年出国后先后在芝加哥大学、斯德哥尔摩大学、科罗拉多大学等校担任客座教授和访问学者。他既从事学术研究,也从事文学创作。文学理论著作《性格组合论》是1996年十大畅销书之一,曾获"金钥匙"奖。他的《论文学主体性》等论文,曾在国内引起全国性的讨论。学术著作还有《鲁迅美学思想论稿》《文学的反思》《放逐精神》等,另外还有散文集《读沧海》《太阳·土地·人》等。散文《读沧海》被选入语文读本。

【陈忠实】(1942—2016)陕西西安人。1965年开始发表作品。1973年发表短篇小说《接班以后》。1979年加入中国作家协会。1985年完成中篇小说《蓝袍先生》,同年出版《陈忠实自选集》。1993年出版长篇小说《白鹿原》,并于1998年获第四届茅盾文学奖。2001年任中国作家协会副主席。2007年发表短篇小说《李十三推磨》,获"茅台杯"人民文学奖。2015年出版短篇小说集《白鹿原纪事》。

【刘心武】(1942—)祖籍四川安岳,生于成都。当代作家。著名作品有短篇小说《班主任》《爱情的位置》《我爱每一片绿叶》,中篇小说《如意》《立体交叉桥》等。长篇小说《钟鼓楼》于1985年获第二届茅盾文学奖。

【冯骥才】(1942—)祖籍浙江宁波,生于天津。当代作家。著名作品有《神鞭》《雕花烟斗》等,前者被改编成同名电影。选入课本的有《挑山工》《刷子李》《珍珠鸟》。

【三毛】(1943—1991)本名陈平,祖籍浙江舟山,生于重庆,后随父母到台湾。当代台湾女作家。其散文集《撒哈拉的故事》《雨季不再来》《稻草人手记》《哭泣的骆驼》等深受广大青年喜爱。

【席慕蓉】(1943—)全名穆伦·席连勃,在蒙古语中是"大江大河"的意思。祖籍内蒙古,生于重庆。当代台湾女诗人。小时候随家迁往台湾。作品有诗集《七里香》《无怨的青春》,散文集《成长的痕迹》《有一首歌》《写给幸福》等。其作品在海峡两岸青年中影响较大。

【周国平】(1945—   )出生于上海。1962年考入北京大学哲学系。1978年考入中国社会科学院,先后获得哲学硕士、博士学位,是国内著名的尼采哲学研究专家。出版各类著作20余种,其中《尼采:在世纪的转折点上》《妞妞:一个父亲的札记》《人与永恒》《爱与孤独》等在读者中产生过较大影响。散文《人生寓言》被选入语文读本。

【余秋雨】(1946—   )浙江余姚人。当代作家、学者。在海内外出版过史论专著多部,曾被授予"国家级突出贡献专家""上海市十大高教精英"等荣誉称号。主要作品集有《文化苦旅》《山居笔记》《文明的碎片》《千年一叹》《行者无疆》等。散文《道士塔》曾被选入课本,《老屋窗口》被选入语文读本。

【张承志】(1948—   )原籍山东济南,出生于北京。中国作家协会第四届理事。1967年高中毕业后赴内蒙古插队4年。1972年考入北京大学历史系。1978年又考入中国社会科学院研究生院,研究蒙古族及北方诸民族的历史。1981年毕业后被分配到中国社会科学院民族研究所。1978年开始发表作品,其中《骑手为什么歌唱母亲》获同年全国优秀短篇小说奖。之后,《黑骏马》《北方的河》分别获第二、三届全国优秀中篇小说奖。主要作品有小说集《老桥》《北方的河》《黄泥小屋》,长篇小说《金牧场》等。《北方的河》(节选)被选入语文读本。

【食指】(1948—)本名郭路生,山东鱼台人。当代诗人。幼年时经常跟随在图书馆工作的母亲身边,得到中国古典诗词方面的熏陶。自幼爱好文学,深受马雅可夫斯基、普希金、莱蒙托夫等人的诗歌影响。1968年是他的创作黄金年,完成代表作《相信未来》《海洋三部曲》《这是四点零八分的北京》。他的诗在社会上广为流传,他也因此被称为"新诗潮诗歌第一人"。2001年与已故诗人海子共同获得第三届人民文学奖诗歌奖。著有诗集《相信未来》《食指的诗》等。诗作《相信未来》被选入课本。

【路遥】(1949—1992)陕西清涧人。当代作家。1976年毕业于延安大学中文系。其中篇小说《人生》受到读者青睐,后被拍成电影。长篇小说《平凡的世界》于1991年获第三届茅盾文学奖。

【梁晓声】(1949—)祖籍山东荣成,生于哈尔滨市。当代作家。他的小说多描写北大荒的知青生活,真实动人地展示了他们的痛苦与快乐、求索与理想。主要作品有短篇小说《父亲》、中篇小说《今夜有暴风雪》等。《人世间》于2019年获第十届茅盾文学奖。《慈母情深》被选入课本。

【阿城】(1949—)原名钟阿城,祖籍重庆江津,生于北京。中学未读完就去山西农村插队,后转往内蒙古,而后又去云南建设兵团农场落户。"文化大革命"结束后重返北京。1979年曾协助父亲钟惦棐撰写《电影美学》。1984年创作《棋王》,获第三届全国优秀中篇小说奖。主要作品有中篇小说《棋王》《树王》《孩子王》和短篇小说《会餐》《树桩》等。《溜索》被选入课本。《棋王》(节选)被选入语文读本。

【张抗抗】(1950—)浙江杭州人。当代女作家。1969年中学毕业后到黑龙江农场劳动8年。1979年调到黑龙江作家协会从事专业创作。小说《夏》获1980年全国优秀短篇小说奖,《淡淡的晨雾》获第一届全国优秀中篇小说奖。她的很多作品以深邃而独到的思索见长。散文《牡丹的拒绝》被选入语文读本。

【史铁生】(1951—2010)北京市人。当代作家。"文化大革命"初期由北京赴陕西务农,因积劳致残,下肢瘫痪,后返回北京,潜心于文学创作。1979年发表第一篇小说《法学教授及其夫人》。主要作品有中短篇小说集《我的遥远的清平湾》《礼拜日》《舞台效果》《命若琴弦》等。其中《我的遥远的清平湾》《奶奶的星星》分别获1983年、1984年全国优秀短篇小说奖。选入课本的有散文《我与地坛》(节选)、《秋天的怀念》、《那个星期天》。

【舒婷】(1952—)原名龚佩瑜,福建泉州人。当代女诗人。1969年下乡插队。1972年返城当工人。1979年开始发表诗歌作品。1980年调至福建省文联,从事专业写作。主要著作有诗集《双桅船》《会唱歌的鸢尾花》《始祖鸟》,散文集《心烟》等。被选入中学语文课本的诗歌《祖国啊,我亲爱的祖国》曾获1979—1980年全国中青年优秀诗作奖。诗歌《致橡树》被选入语文读本。

【贾平凹】(1952—)原名贾平娃,陕西丹凤人。当代作家。其短篇小说《满月儿》和中篇小说《腊月·正月》获全国优秀小说奖。长篇小说《废都》发表后在文学界反响强烈,颇有争议。选入课本的有《一棵小桃树》、《秦腔》(节选)、《月迹》。

【毕淑敏】(1952—)祖籍山东文登,生于新疆伊宁。当代女作家。1969年入伍,1980年转业回到北京。1989年加入中国作家协会。著有中短篇小说集《昆仑殇》《女人之约》《预约死亡》和长篇小说《红处方》《血玲珑》等。散文《精神的三间小屋》被选入课本。

【林清玄】(1953—2019)出生于台湾省。1967年住在台南,边求学边写作。1970年在报上发表《行游札记十帖》,引起社会关注。1981年出版散文集《温一壶月光下酒》。1986

年散文集《紫色菩提》在中国大陆出版。他曾被誉为台湾"当代散文八大作家"之一。从1990年起,其散文集《红尘菩提》《平常茶非常道》《清欢玄想》等先后在大陆出版。他的创作,结合自身经历,用优美的语言,创造了一种独特的佛教美学。

【韩少功】(1953—   )湖南长沙人。当代作家。1979年发表短篇小说《月兰》,在文坛崭露头角。《西望茅草地》和《飞过蓝天》分别获1980年、1981年全国优秀短篇小说奖。他于1985年在《作家》上发表《文学的根》一文,提倡文学应植根于民族传统文化的土壤,在文艺界引起了广泛的讨论。同年6月,发表中篇小说《爸爸爸》,亦引起一定反响。有中短篇小说集《月兰》《飞过蓝天》《诱惑》《空城》《谋杀》,长篇小说《马桥词典》《暗示》等,翻译有《生命中不能承受之轻》等。作品被译为英、法、意、日等多种文字,2002年获法国文化部颁发的"法兰西文艺骑士奖章"。散文《我心归去》曾被选入课本。

【曹文轩】(1954—   )江苏盐城人。当代作家。1974年进入北京大学中文系读书,毕业后留校任教。现为北京大学中文系教授、现当代文学博士生导师。1972年开始发表作品。著有学术著作《中国八十年代文学现象研究》《思维论》《小说门》,长篇儿童小说《山羊不吃天堂草》《草房子》,短篇小说集《哑牛》《忧郁的田园》《暮色笼罩的祠堂》《云雾中的古堡》《红葫芦》《蔷薇谷》等。短篇儿童小说《再见了,我的小星星》获中国作家协会首届全国儿童文学奖,《山羊不吃天堂草》先后获宋庆龄儿童文学奖金奖、中国作家协会第二届全国优秀儿童文学奖。2016年获"国际安徒生奖",成为中国首位获此殊荣的作家。散文《孤独之旅》《芦花鞋》被选入课本。

【莫言】(1955—)原名管谟业,山东高密人。当代作家。1976年应征入伍,1986年毕业于解放军艺术学院文学系,1991年毕业于北京师范大学鲁迅文学院创作研究生班,获文艺学硕士学位。1981年开始发表作品,1985年加入中国作家协会,1997年转业。2004年获法兰西艺术与文学骑士勋章,2005年获香港公开大学荣誉文学博士学位。代表作有《红高粱》《檀香刑》《丰乳肥臀》《生死疲劳》《酒国》等。长篇小说《蛙》获第八届茅盾文学奖。2012年荣获诺贝尔文学奖,颁奖词称莫言的小说"用魔幻般的现实主义将民间故事、历史和现代融为一体"。现任北京师范大学文学院教授、山东大学文学院兼职教授。

【汪国真】(1956—2015)祖籍厦门,生于北京。当代诗人。中学毕业后曾当过工人。1982年毕业于暨南大学中文系。毕业后被分配到中国艺术研究院。1990年开始担任《辽宁青年》《中国青年》《女友》等报刊的专栏撰稿人。《雨的随想》等5篇散文被选入语文读本。

【叶兆言】(1957—)出生于江苏南京,原籍苏州。1982年毕业于南京大学中文系。著有中篇小说集《艳歌》《枣树的故事》,长篇小说《一九三七年的爱情》《花影》《没有玻璃的花房》《我们的心多么顽固》,散文集《流浪之夜》《旧影秦淮》《杂花生树》《乡关何处》。《追月楼》获1987—1988年全国优秀中篇小说奖、首届江苏文学艺术奖。有《叶兆言文集》7卷。

现任江苏省作家协会副主席。

【铁凝】(1957—)祖籍河北赵县,出生于北京。当代女作家。中学毕业后曾到农村插队 4 年。1975 年开始发表作品。1982 年发表短篇小说《哦,香雪》,获全国优秀短篇小说奖。1983 年发表中篇小说《没有纽扣的红衬衫》,获全国优秀中篇小说奖。后又发表中篇小说《麦秸垛》《棉花垛》和长篇小说《玫瑰门》等。1982 年加入中国作家协会,曾任河北省作协主席、中国作协副主席,2006 年当选为中国作协主席。《盼》被选入课本。小说《哦,香雪》、散文《我有过一只小蟹》被选入语文读本。

【池莉】(1957—)出生于湖北仙桃,毕业于武汉大学。1990 年调入武汉文学院,成为专业作家。有小说《来来往往》《烦恼人生》和作品合集《汉口情景》。曾获全国优秀中篇小说奖、鲁迅文学奖。多部小说被改编为影视作品。其作品体现了对世俗生活的丰富性与多元性的理解。现任湖北省文联副主席、武汉市文联主席。

【余华】(1960—)生于浙江杭州。1978

年高考落榜后进卫生院当牙科医生。1983年发表短篇小说《第一宿舍》。1987年发表《十八岁出门远行》《一九八六年》等短篇小说,确立了先锋作家的地位。1990年首部长篇小说《在细雨中呼喊》出版。1992年出版长篇小说《活着》,1998年该小说获意大利文学最高奖——格林扎纳·卡佛文学奖。2005年至2006年,先后出版长篇小说《兄弟》上下部。该书因极端现实主义的写作而引发争议。2014年,他凭借长篇小说《第七天》获第十二届华语文学传媒大奖"年度杰出作家"奖。2018年,《活着》获作家出版社"超级畅销纪念奖"。

【韩东】(1961—)江苏南京人。当代作家。8岁随父母下放苏北农村,1982年毕业于山东大学哲学系。在校期间开始诗歌创作。20世纪80年代起主编民刊《他们》,共出9期,为"第三代诗歌运动"代表诗人之一。20世纪90年代开始中短篇小说写作,1998年在文坛发起主题为"断裂"的行动,旨在向现有文学体制挑战。主要作品有小说集《我的柏拉图》等。诗歌《山民》曾被选入课本。

【刘亮程】(1962—)新疆沙湾人。当代作家。他长大后种过地,放过羊,当过十几年乡农机管理员。劳动之余写点文字,大多写自己生活多年的村子。著有诗集《晒晒黄沙梁的太阳》,散文集《一个人的村庄》《风中的院门》,长篇小说《虚土》等。2000年,加入中国作家协会。散文集《一个人的村庄》于1998年出版后,引起新疆文坛的热切关注,被誉为"20世纪最后的文学景观"。1999年,《天涯》杂志刊发了"刘亮程散文专辑",并配发了多名作家、评论家的推荐文章。中央电视台"读书时间"曾以"刘亮程和他的村庄"为题对其作了专访。2001年获第二届冯牧文学奖文学新人奖,被誉为"20世纪中国最后一位散文家"和"乡村哲学家"。《寒风吹彻》《一个人的村庄》曾被选入课本。

【苏童】(1963—)本名童忠贵,江苏苏州人。当代作家。1980年考入北京师范大学中文系,1983年开始发表小说,1990年加入中国作家协会,历任南京艺术学院工艺系教师、《钟山》杂志编辑、江苏省作家协会专业作家、江苏省作家协会副主席等。代表作有《红粉》《妻妾成群》《米》《河岸》等。中篇小说《妻妾成群》被张艺谋改编为电影《大红灯笼高高挂》,蜚声海内外。2007年发表的小说《茨菰》荣获鲁迅文学奖。长篇小说《黄雀记》获第九届茅盾文学奖。作品被翻译成英、法、德、意、日等多种文字,文学评论家将其归入先锋派小说家行列。

【毕飞宇】(1964—)出生于江苏兴化,毕业于扬州师范学院。20世纪80年代开始小说创作,陆续发表了《哺乳期的女人》《地球上的王家庄》等小说。1998年获第一届鲁迅文学奖短篇小说奖。2011年,长篇小说《玉米》获英仕曼亚洲文学奖;同年,长篇小说《推拿》获第八届茅盾文学奖。2013年,出版首部非虚构作品《苏北少年"堂吉诃德"》,获人民文学奖短篇小说奖。2015年推出《毕飞宇文集》九卷本。现任江苏省作家协会主席。

【海子】(1964—1989)原名查海生,安徽怀宁人。当代诗人。1979年考入北京大学法律系。1983年毕业后任教于中国政法大学。海子是一个沉湎于心灵孤独之旅的理想主义诗人,他执着地在贫困、单调与孤独之中写作,是当代学院派新诗人的代表。主要作品有长诗《土地》和短诗选集《海子、骆一禾作品集》。抒情短诗《面朝大海,春暖花开》曾被选入课本。

【凌岚】(1969—)本名谢凌岚,中学就读于南京金陵中学,1991年毕业于北京大学中文系,1997年毕业于纽约城市大学商学院。近年来的文学创作被誉为海外华人新移民文学的代表作。获2016年"腾讯·大家"年度作家奖,台湾2019年"华文著述奖"专栏类首奖,提名第七届花城文学奖。小说集《离岸流》由广西师范大学出版社出版,由哈金、黄子平联袂推荐。第二部小说集《海中白象》由北京十月文艺出版社出版,被选入2018年度"城市文学"排行榜,入围2018年《收获》文学排行榜短篇小说榜,入选《北京文学》主办的2018年中国当代文学最新作品排行榜。有随笔集《美国不再伟大?》,诗集《闪存的冰》,并译有《普拉斯书信集》《牛顿,远控力量,帝国主义》。

2. 作　品

【呐喊】《呐喊》是鲁迅1918年至1922年所写的14个短篇小说的结集。取名"呐喊",意在为革命"喊几声助助威",以鼓舞"奔驰的猛士,使他不惮于前驱"。书中的小说描绘了从辛亥革命到五四时期的社会生活,揭示了各种深层次的社会矛盾,对中国旧有制度和陈腐的观念进行了深刻的剖析和彻底的否定,表现了对民族生存的浓重忧患和对社会进步的强烈渴望。《狂人日记》是作者首次以"鲁迅"这一笔名发表的第一篇小说,也是中国现代文学史上第一篇白话小说。作品描写了一个"迫害狂"患者的精神状态和心理活动,通过"狂人"眼里的生活现实,"暴露家族制度和礼教的弊害",并借"狂人"之口,揭露中国几千年的历史是"吃人"的历史,最终发出"救救孩子"的呼声。小说体现了强烈的反封建、反礼教的精神,在中国新文学史上具有划时代的意义。其艺术特色:(1) 运用写实主义手法,描写"狂人"的多疑、敏感、妄想,又用象征主义手法写"狂人"含义双关的表述,写实与象征结合得天衣无缝。(2) 语言性格化。"狂人"的语言似杂乱而又敏感,既符合精神病人特点,又道出了被压迫者的心声。《阿 Q 正传》以辛亥革命前后中国农村"未庄"为背景,深刻揭示了半封建半殖民地社会中阶级矛盾的现实,描写了广大农民失业、破产的悲剧,批判了辛亥革命的妥协性。由于残酷的生活折磨和封建思想的毒害,阿 Q 身上形成了一些与劳动人民品质相矛盾的精神特质:妄自尊大、自轻自贱、自欺自慰、忌讳缺点、欺弱健忘。这就是"精神胜利法"。鲁迅对他的不幸遭遇寄予深切同情,而对他所体现的落后的"国人的魂灵"则给予严肃批评("哀其不幸,怒其不争"),表达了唤醒农民觉悟,促使他们革命的热烈愿望。深刻的心理描写(如在土谷祠里做梦时对革命的理解)、形象的动作描写(如与小 D 的"龙虎斗"、到尼姑庵偷萝卜等)和与众不同的个性化语言(如"妈妈的,儿子打老子""先前我比他阔多了"等),是该小说突出的艺术特色。《阿 Q 正传》是中国现代文学史上最杰出的作品之一，阿 Q 的形象是世界文学画廊中精彩的画面之一。《〈呐喊〉自序》通过回顾自己的人生经历，反映了作者求索救国救民道路的思想历程，阐述了从事文艺事业的目的，同时也说明了小说集命名的缘由。这对了解鲁迅的生平、思想及《呐喊》的内涵，有极大的参考价值。曾被编入课本的《呐喊》中的小说有《社戏》《一件小事》《故乡》《孔乙己》《药》《狂人日记》《阿 Q 正传(节选)》和《〈呐喊〉自序》。

【女神】郭沫若的第一部新诗集。1921 年 8 月出版。除序诗外，共有 56 首，多为作者留学日本时所作。其中以《凤凰涅槃》《女神之再生》最有代表性。前者以"火中凤凰"传说为素材，写凤凰经大火而新生的壮美情景，表达诗人向往光明与理想的巨大热情；后者借共工与颛顼决战和女娲补天的神话，对黑暗现实表示憎恨，并抒发建设新社会、新国家的坚定信念。作品创造了雄奇奔放的自由诗体，具有鲜明的革命浪漫主义特色，成为我国新诗的奠基之作。

【屈原】郭沫若著名的历史剧,1942年1月写于重庆。全剧共五幕,剧中屈原提出联齐抗秦的正确主张,与以上官大夫、南后为代表的投降派形成尖锐矛盾。屈原不断受到迫害,被囚禁几乎致死,但他始终不屈。最后以其学生婵娟牺牲和屈原出走汉北结束,表明了正义必定战胜邪恶的前途。全剧洋溢着炽热的爱国主义热情,紧密地配合了当时的现实斗争,被誉为现代文学史上"不可多得的艺术瑰宝"。

【沉沦】郁达夫的一篇极富影响的短篇小说,1921年发表。小说写的是五四前后一个中国留学生的悲剧故事。主人公"他",家境清贫,随兄长留学日本。社会的重压,身处异域的屈辱,青春期无法宣泄的苦闷,使他觉得无望,最后向祖国发出"你快富起来!强起来吧!"的呼号,投海自杀。这是一篇带有自传性质的主观抒情心理小说,蕴藏着强烈的反帝反封建情绪,并表现了作者丰沛的艺术才力。

【二月】柔石的中篇小说,1929年11月出版。小说主角萧涧秋应邀到芙蓉镇任教,他和陶岚相爱,引起纨绔子弟嫉妒;他同情寡妇文嫂,引起舆论的围攻中伤;最后文嫂自杀,萧氏被迫去上海另觅人生。小说心理描写细腻,通过个性鲜明的人物形象,表现了作者对现实的愤恨和对知识分子生活道路的思考。

【子夜】 茅盾的长篇小说代表作,1932年完稿。小说描写纺织工业资本家吴荪甫用尽心机,盘剥工人和家乡农民血汗,企图建造自己的实业王国,终因军阀混战、产品积压、买办资本家赵伯韬的经济封锁和公债投机失利而宣告破产。小说通过吴荪甫这一形象,反映了中国民族工业发展的命运问题,是现代文学史上的重要里程碑。

【边城】 沈从文的中篇小说,1934年发表。小说描写了一个恋爱故事:天保和傩送两兄弟都爱上了老船夫的外孙女翠翠。但翠翠爱的是老二傩送,天保得知后主动退让,乘船离家,不幸遇难身亡。傩送心感愧疚,也悄然远行桃源。疼爱外孙女的老船夫为此郁闷成疾,死于风雨之夜。翠翠守着渡口,哀悼祖父,盼望傩送归来。作品生动展现了边城居民健康质朴的人性与人情,表现了作者企图以质朴自然的品格去治疗现代文明所带来的种种弊端的美好愿望。

【雷雨】曹禺创作的一部具有经久不衰的艺术生命力的话剧,共四幕,1934年发表。剧作展示周、鲁两家前后30年复杂的矛盾纠葛,描写了以周朴园为代表的带有浓厚封建色彩的资产阶级家庭生活的悲剧,也反映了当时社会阶级关系的某些本质。

【骆驼祥子】老舍的长篇小说,写于1936年。小说描写了人力车夫祥子的悲剧命运。他来自农村,三年血汗换来的洋车被乱兵抢走,仅有的钱又被孙侦探敲诈,最后,虎妞私蓄买的半新车子也因料理虎妞丧事而卖掉。买车梦想的破灭、婚姻问题的失败,使祥子精神颓丧,他终于走上堕落道路。作者深沉地控诉了旧社会。作品思想艺术上的卓越成就,使它成为现代文学史上的长篇杰作之一。

【茶馆】老舍的《茶馆》以独特的艺术手法,把三个历史时期的中国社会变迁状况,以话剧的形式生动地表现了出来。这个三幕剧虽没有贯穿全剧的集中的故事情节,却通过北京裕泰茶馆在清朝末年、军阀混战、抗战胜利后这三个不同时代所发生的形形色色的事件和进出茶馆的70多个栩栩如生的人物形象以及掌柜王利发的遭遇,深刻反映了中国半个世纪的社会变迁。该剧多次公演,后又被改编成电影和电视剧,深受群众喜爱。这使它成了中国现代话剧的经典之一。

【家】"激流三部曲"的第一部,巴金代表作。小说真实地写出了一个封建大家庭的腐烂、溃败的生活,无情揭露了封建势力对青年一代的压制与摧残,表现了青年一代由抗争到决裂的觉醒过程,最终他们向垂死的封建制度发出了"我控诉"的呼声。书中塑造了不同类型的艺术形象:高老太爷是"家"的最高统治者,是封建卫道士的代表,他的死反映了封建制度必然衰亡的趋势;大哥觉新善良懦弱,逆来顺受,幻想"改良",是失去自我、具有双重性格的现代知识分子的代名词;觉民比较沉着温和,他虽然叛家逃婚,但仅仅是为了个人的利益和幸福;觉慧单纯热情,对旧势力绝不妥协,最后离家出走,与旧制度彻底决裂,是受到新思潮冲击的新生力量的代表。梅的抑郁致死、瑞珏的难产而亡、鸣凤的投湖自尽、婉儿的被迫出嫁，为我们展示了一幅幅凄惨图景。作者对这些青年女性的不幸遭遇，表达了深切的同情，对封建礼教和迷信思想，进行了愤怒的控诉。《家》以其深刻的思想内容和细腻的笔触，赢得了广大读者的喜爱，起到了鼓舞人们特别是青年反抗封建礼教、追求光明幸福的作用。许多青年正是怀揣着《家》走上革命道路的。

【白毛女】延安鲁艺集体创作，贺敬之、丁毅执笔，1946年出版。它取材于20世纪40年代流行于河北的一个"白毛仙姑"的民间传说，通过对杨白劳、喜儿父女两代悲惨遭遇的描写，揭示了农民与地主阶级的尖锐矛盾，形象表现了"旧社会把人逼成'鬼'，新社会把'鬼'变成人"的主题。《白毛女》融诗、歌、舞于一剧，是中国新型民族歌剧的奠基作品。

【围城】钱锺书唯一的长篇小说，1947年出版。作品以归国留学生方鸿渐从觅职、恋爱到失业、婚变的经历为情节线索，表现了抗战时期一部分知识分子彷徨无主、无聊空虚和爱情酸涩等囿于精神"围城"的生活现实，刻意描绘了病态的知识社会，并揭示其个性与道德的弱点。著名文艺评论家夏志清称之为"中国近代文学中最有趣和最用心经营的小说"。

【平凡的世界】路遥倾注了毕生精力的长篇小说。主人公孙少安与孙少平两兄弟同为黄土高原的儿子,在平凡的世界里,他们以各自不同的方式探索着人生。小说广泛涉及了农村生活的各个方面,生动地记录了农村生活的巨大变化,表达了昂扬向上的奋发精神,展示了人的自尊、自强与自信,被誉为"第一部全景式描写中国当代城乡生活的长篇小说"。

【文化苦旅】当代学者、作家余秋雨文化散文的代表作。全书凭借山水风物来寻求文化灵魂和人生秘谛,探索中国文化的历史命运和中国文人的人格。作者以其渊博的文史功底和丰厚的文化感悟力,超越了许多散文的凡俗与平庸,为当代散文领域提供了崭新的范例,开创了"文化散文"这一新的创作样式。

【白鹿原】作家陈忠实的代表作,历时 6 年完成。小说以陕西关中地区白鹿原上白鹿村为缩影,通过讲述白姓和鹿姓两大家族祖孙三代的恩怨纷争,表现了从清朝末年至 20 世纪七八十年代长达半个多世纪的历史变迁。1998年获第四届茅盾文学奖。该小说被改编成电影、电视剧、话剧、秦腔等多种艺术形式。2018年,入选"改革开放四十周年最具影响力小说"。

3. 流派与社团

【文学研究会】五四新文学运动中著名的文学社团,由沈雁冰、郑振铎、叶绍钧、许地山、周作人等12人发起,1921年成立于北京。其刊物有《小说月报》、《文学旬刊》、《诗》月刊等。1925年五卅运动后,活动减少,自行解散。

【创造社】五四新文学运动中著名的文学社团,1921年7月成立于日本,发起人有郭沫若、郁达夫、成仿吾、田汉等。1929年被国民党政府查封。出版刊物有《创造》《创造周报》《创造日》《洪水》《文化批判》《流沙》等。

【语丝社】五四新文学运动中鲁迅曾领导和积极支持的一个文学社团,1924年成立于北京。成员大多是新文化运动的参加者和《新青年》的撰稿者,主要有钱玄同、孙伏园、周作人等。出版的刊物是《语丝》周刊,1930 年 3 月停刊。

【未名社】五四新文学运动中鲁迅发起和支持的文学社团,1925 年成立于北京。主要成员有韦素园、李霁野、曹靖华等。先与"狂飙社"成员合办《莽原》周刊和半月刊,后独编《未名》半月刊,出版《未名丛刊》《未名新集》《乌合丛书》。1933 年解散。

【太阳社】五四新文学运动中著名的文学社团,1927 年冬成立于上海。发起人有蒋光慈、钱杏邨等,成员有孟超、楼适夷、殷夫等,他们中大多是中共党员。出版刊物有《太阳月刊》等。1930 年并入"左联"。

【朝花社】由鲁迅发起和领导的文学社团,1928 年秋成立于上海。主要成员有许广平、柔石等。1929 年后停止活动。该社曾出版《朝花旬刊》。

【左联】"中国左翼作家联盟"的简称,是第二次国内革命战争时期中国共产党领导下的革命文学团体,1930 年 3 月成立于上海。主要成员为原创造社和太阳社成员、鲁迅以及受鲁迅影响的作家。它的成立标志着中国无产阶级革命文学运动进入一个新的历史阶段。1936年初解散。

【学衡派】复古派文学社团。因1922年1月在南京创办《学衡》月刊而得名,主要代表人物有梅光迪、胡先骕、吴宓等。他们反对新文化运动,反对以白话代替文言。1933年停刊。

【甲寅派】复古派文学社团。因1914年在日本东京创办《甲寅》杂志,1925年又在北京复刊而得名。北洋军阀政府司法总长兼教育总长章士钊为其领袖。该派鼓吹读经,反对白话,攻击新文化运动,受到以鲁迅为首的新文学阵营的反击,不久渺无声息。

【现代评论派】资产阶级政治文化派别。因1924年底在北京创办综合性刊物《现代评论》而得名。主要成员有胡适、王世杰、陈源（西滢）、徐志摩等。他们虽标榜"自由主义"态度,但也发表过一些维护帝国主义、封建军阀的文章。1928年该刊自行停办。

【新月派】代表资产阶级思想和利益的文

学、政治派别。因1923年在北京组织"新月社"和1928年在上海创办《新月》月刊而得名。主要成员有胡适、梁实秋、陈源(西滢)、徐志摩、闻一多、沈从文等。多是英美留学生,多为"现代评论派"的成员。他们在政治上反对中国共产党和无产阶级革命,文学上宣扬资产阶级人性论,反对无产阶级革命文学。后期内部分化,闻一多等与之疏远。1933年该派别随《新月》终刊而结束。

【山药蛋派】20世纪50年代中期以后形成的以山西作家赵树理为中心的风格相近的创作流派,也称"山西派""火花派"。作品有浓厚的山西农村的生活气息,采用现实主义手法,表现新生活、新人物。

【荷花淀派】形成于20世纪50年代后期,以河北地区作家为主的一个作家群体,因孙犁短篇小说《荷花淀》而得名。作品以农村题材为主,在现实主义基调上,洋溢着浪漫主义气息,有鲜明的民族风格和地方特色。

(三) 中国文学之最

1. 诗 歌

最早的诗歌总集是《诗经》。最早的文人诗歌总集是西汉刘向编的《楚辞》。最早的爱国诗人、也是最早的浪漫主义诗人是战国时楚国的屈原。最早的田园诗人是东晋的陶渊明。最早的山水诗人是南朝宋的谢灵运。最早也是最杰出的边塞诗人是盛唐的高适和岑参。最杰出的豪放派词人是北宋的苏轼。最著名的婉约派词人是北宋的秦观。最杰出的女词人是南宋的李清照。最著名的爱国词人是南宋的辛弃疾。最伟大的浪漫主义诗人是唐代的李白。最伟大的现实主义诗人是唐代的杜甫。写诗最多的爱国诗人是南宋的陆游,现存诗9300余首。最早最长的政治抒情诗是屈原的《离骚》。最早最长的叙事诗是汉乐府民歌《孔雀东南飞》。现代最有成就的自由体诗人是艾青。现代最有影响的民歌体叙事长诗是李季的《王贵与李香香》。

2. 戏　　剧

最早最伟大的戏剧家是元代的关汉卿。最早的现实主义戏剧杰作是元代王实甫写的《西厢记》。古代最杰出的浪漫主义戏剧是明代汤显祖的《牡丹亭》。古代最杰出的悲剧是元代关汉卿写的《窦娥冤》。现代最有影响的历史剧作家是郭沫若。现代最杰出的悲剧是曹禺写的《雷雨》。现代最杰出的戏剧家是田汉。

3. 小　　说

古代最有成就的通俗文学家是明代的冯梦龙。古代最有代表性的志怪小说集是东晋干宝的《搜神记》。古代最著名的长篇神话小说是明代吴承恩的《西游记》。古代最有影响的文人白话短篇小说集是明代冯梦龙整理加工的"三言"和凌濛初整理加工的"二拍"。古代最著名的长篇历史小说是明初罗贯中的《三国演义》。古代最早写农民起义的长篇小说是元末明初施耐庵的《水浒传》。古代最杰出的长篇讽刺小说是清代吴敬梓的《儒林外史》。古代最伟大的现实主义长篇小说是清代曹雪芹的《红楼梦》。古代最杰出的文言短篇小说集是清代蒲松龄的《聊斋志异》。我国最长的历史小说是现代作家蔡东藩(1877—1945)用10年时间写成的《中国历朝通俗演义》,全书按朝代分为十一部,1040回,600多万字。我国最有影响的四大民间传说是:① 牛郎织女;② 孟姜女寻夫(孟姜女哭长城);③ 梁山伯与祝英台;④ 白蛇与许仙(白蛇传)。中国现代最伟大的文学家是鲁迅。现代最杰出的长篇小说是茅盾的《子夜》。现代最有影响的长篇小说"三部曲"是巴金的《激流三部曲》(《家》《春》《秋》)。现代最早的短篇小说集是郁达夫的《沉沦》。现代最有影响的短篇小说集是鲁迅的《呐喊》。

4. 散　文

古代最早的语录体散文是《论语》。古代最早的记事详备的编年体史书是《左传》。古代最早的国别体史书是《国语》。古代最早的纪传体通史是《史记》。古代最早的纪传体断代史是东汉班固的《汉书》。古代最早的编年体通史是北宋司马光的《资治通鉴》。古代最早的优秀政论文是西汉贾谊的《过秦论》。古代最杰出的铭文是唐代刘禹锡的《陋室铭》。古代最早的书信杰作是西汉司马迁的《报任安书》。古代最著名的祭文是唐代韩愈的《祭十二郎文》。古代最早的文学理论专篇论文是三国魏曹丕的《典论·论文》。古代最系统的文学理论专著是南朝梁刘勰的《文心雕龙》。现存最早的诗文总集是南朝梁昭明太子萧统选编的《文选》,世称《昭明文选》。古代最著名的游记散文集是明代徐弘祖的《徐霞客游记》。

二、外国文学

1. 作　家

古　希　腊

【荷马】(约公元前9至前8世纪)古希腊著名的行吟盲诗人。相传他把发生在大约公元前12世纪的特洛伊战争的种种传说收集整理成两部著名的史诗《伊利亚特》和《奥德赛》。恩格斯曾指出："野蛮时代高级阶段的全盛时期，我们在荷马的诗中，特别是在《伊利亚特》中可以看到。"

【伊索】(约公元前6世纪)古希腊寓言作家。相传原为奴隶，后获得自由，善讲寓言故事，讽刺权贵。数千年来，伊索寓言在欧洲文学史上有着非常深广的影响，它一再成为许多寓言作家的创作源泉，并经常被后代作家所引用，成为意义深远的典故。名篇有《农夫和蛇》《狼和小羊》《狐狸与葡萄》等。选入课本的有

《赫耳墨斯和雕像者》《蚊子和狮子》《鹿角与鹿腿》。

法　国

【拉伯雷】(1494—1553)文艺复兴时期法国著名作家,所著长篇小说《巨人传》以民间故事为蓝本,采用夸张手法,塑造了理想君主、巨人卡冈都亚和他的儿子庞大固埃的人物形象。

【拉封丹】(1621—1695)欧洲著名的寓言作家之一。他从小喜爱田野森林,注意禽兽特性。他的《寓言诗》通过动物形象讽刺当时法国上层社会的丑行和罪恶,嘲笑教会的黑暗和经院哲学的腐朽,对后来欧洲寓言作家的影响很大。

【莫里哀】(1622—1673)欧洲最杰出的喜剧家之一。他童年时常随外祖父观看民间戏剧的演出,埋下了他终生从事戏剧事业的种子。他的代表作《伪君子》塑造了一个欺骗撒谎、言行不一、装腔作势的伪善者形象达尔杜弗。他的著名剧作还有《唐璜》《吝啬鬼》等。《吝啬鬼》(亦译《悭吝人》)的主人公阿巴贡是一个依靠放高利贷发财的商人。为了无限制地贪求金钱,他变得极度贪婪和吝啬。阿巴贡的性格反映了原始积累时期法国资产阶级的特点。

【伏尔泰】(1694—1778)法国启蒙思想家、作家、哲学家。他知识渊博,著述颇丰。其全集包括哲学著作、历史著作、史诗、抒情诗、讽刺诗、哲理诗、哲理小说、五十多部悲剧和喜剧、一万多封信札。他对中国文化极为推崇。曾将元杂剧《赵氏孤儿》译编为《中国孤儿》出版。伏尔泰是位语言大师,他的语言精练简洁,放射着智慧的光芒。

【布封】(1707—1788)法国博物学家、作家、进化思想的先驱者。他以优美的散文笔调描写了许多动物和昆虫,对近代的文艺性科技小品影响极大。他曾在著名演讲辞《风格论》中提出"风格即人"的论点。《松鼠》一文被选入课本。

【卢梭】(1712—1778)法国启蒙思想家、哲学家、教育学家、文学家。他在社会思想上主张"返回自然",在文学艺术上强调"自然感情"。他的主要作品有书信体长篇小说《新爱洛伊丝》,长篇教育小说《爱弥儿》,自传《忏悔录》。卢梭是杰出的法国散文作家之一。他的散文不仅说理性强,富于雄辩,而且饶有抒情风味。《怜悯是人的天性》被选入课本。

【司汤达】(1783—1842)法国批判现实主义文学的奠基人之一。代表作《红与黑》描写一个平民知识青年于连·索黑尔为了实现自己的个人野心,对封建贵族和大资产阶级进行了报复性的反抗,反映了王政复辟时期社会的生活和阶级矛盾。他的主要作品还有《帕尔马修道院》、《吕西安·娄万》(一名《红与白》)等。

【巴尔扎克】(1799—1850)19世纪法国批判现实主义文学大师。他关注社会问题,立志以小说进行社会研究。他的作品广泛而深刻地反映了19世纪上半期法国的社会生活,揭露和批判了资产阶级的自私贪婪、卑鄙丑恶以及人与人之间赤裸裸的金钱关系。《欧也妮·葛朗台》是巴尔扎克的代表作之一。葛朗台狡诈、贪婪、吝啬,是初期资产阶级的典型。他的主要作品还有《高老头》《驴皮记》《贝姨》《幻灭》《夏倍上校》等。马克思和恩格斯曾给予巴尔扎克以很高的评价,恩格斯认为巴尔扎克的"伟大的作品是对上流社会必然崩溃的一曲无尽的挽歌"。《欧也妮·葛朗台》的节选《守财奴》曾被选入课本。

【**大仲马**】(1802—1870)法国作家。主要小说有《三个火枪手》《基度山伯爵》《玛尔戈王后》等。

【**雨果**】(1802—1885)19世纪法国浪漫主义文学运动的领袖人物和代表作家。长篇小说《巴黎圣母院》是雨果最出色的浪漫主义作品,它成功地塑造了漂亮的吉卜赛女郎埃斯梅拉达和外表丑、心灵美的敲钟人卡西莫多这两个善良、无辜的主人公。小说具有强烈的批判色彩和人道主义思想。著名的社会史诗小说《悲惨世界》通过主人公冉阿让一生在专制制度下的生活际遇,愤怒地控诉了统治阶级的残暴,深刻地反映了劳动者的悲惨命运。雨果的主要作品还有长篇小说《海上劳工》《笑面人》《九三年》等。选入课本的有《巴尔扎克葬词》、《巴黎圣母院》的节选《一滴水,一滴泪》、《诺曼底号遇难记》《就英法联军远征中国致巴特勒上尉的信》。

【梅里美】(1803—1870)法国作家。作品主要有长篇小说《查理第九时代轶事》,中短篇小说《马特奥·法尔哥内奥·法尔贡奈》《攻占棱堡》《塔曼果》《高龙巴》《嘉尔曼》(一译《卡门》)等。作品以结构精巧、文字讲究著称。

【乔治·桑】(1804—1876)法国女作家。她的小说暴露资产阶级剥削工人、摧残妇女的真相,抨击资产阶级自由主义者的胆怯动摇,塑造了来自民间的正面人物,带有人道主义思想和空想社会主义色彩。1848年革命后隐居乡间,创作转向描写田园生活。主要作品有《印第安娜》《木工小史》《安吉堡的磨工》《贺拉斯》《魔沼》等。散文《冬天之美》曾被选入课本。

【鲍狄埃】(1816—1887)法国诗人。《国际歌》的作者。出身工人家庭。积极参加工人运动,列宁称他是"一位最伟大的用歌作为工具的宣传家"。

【福楼拜】(1821—1880)法国杰出的现实

主义小说家。他重视观察的准确、材料的正确与历史的环境,他追求形式的完美、文字的配合与意境的广阔。《包法利夫人》是他的长篇杰作。

【凡尔纳】(1828—1905)法国小说家。写了许多科学幻想冒险小说,如《格兰特船长的女儿》《海底两万里》《地心游记》《从地球到月球》《环绕月球》《神秘岛》《八十天环游地球》等。

【都德】(1840—1897)法国现实主义作家。他以普法战争为背景,创作了不少以爱国主义为主题的小说,其中《最后一课》《柏林之围》享有极高的声誉。小弗朗士的心理活动,描写细腻动人,教师韩麦尔先生、老军人儒夫上校,形象栩栩如生。都德一生写了近百篇短篇小说和十多部长篇小说,对当时的社会生活,作了广泛而深刻的反映。《小东西》是他的半自传性质的长篇小说。

【左拉】(1840—1902)法国自然主义小说家。其主要作品是由20部长篇小说组成的《卢贡-马卡尔家族》,其中重要的有《小酒店》

《娜娜》《萌芽》《金钱》《崩溃》等。

【莫泊桑】(1850—1893)19世纪后期法国批判现实主义作家,也是世界文学史上的短篇小说巨匠。初学写作时,得到著名作家福楼拜的悉心指导,侨居巴黎的俄国作家屠格涅夫也热心帮助他。1880年,他的短篇小说《羊脂球》在著名的《梅塘之夜》小说集中发表,在法国引起了很大的反响。从1880年到1890年的10年中,他发表了300多篇中短篇小说、6部长篇小说、3本游记和许多文艺论文。他的短篇小说名篇有《我的叔叔于勒》《项链》《米隆老爹》等,长篇小说《一生》《漂亮朋友》也列入世界名著之林。《我的叔叔于勒》被选入课本。

【罗曼·罗兰】(1866—1944)法国作家、音乐学家、社会活动家。其长篇巨著《约翰·克利斯朵夫》叙写了音乐家克利斯朵夫一生的奋斗历程,描绘了广阔的社会图景,提出了社会生活中许多重大问题,是20世纪初世界文学创作中最伟大的收获之一,他也因此于1915年获诺贝尔文学奖。他的重要作品还有长篇小说《欣悦的灵魂》,传记文学《贝多芬传》《米开朗基罗传》《托尔斯泰传》《甘地传》等。

【安德烈·纪德】(1869—1951)法国作家。代表作《伪币制造者》表现了资本主义文明的堕落以及青年一代的困境。小说结构复杂,人物自己"现身说法"。这种破坏长篇小说传统结构的尝试,对法国现代主义派文学以及新小说的崛起影响颇大。1947年获诺贝尔文学奖。

【普鲁斯特】(1871—1922)法国小说家,意识流小说的先驱。代表作是长篇小说《追忆逝水年华》。在这部著作中,他以极其敏锐的观察力、深刻的想象力、良好的文学修养以及创作的才华,记叙了他对生活的各种感受。他打破了由作者出面描写景物、编排情节、塑造人物的传统模式,采用自由联想、内心独白等手段表达叙述者"我"的意识流动状态,特别是内心深处的心理活动,让叙述者的意识自动地、真实地展示出来,以表现生命的复杂与纷乱。

【莫里亚克】(1885—1970)法国作家。代表作《蝮蛇结》。他在这部小说里深刻揭露了崇尚金钱、人情薄如纸的资本主义社会。在灵与肉、理想与现实的交锋中,暴露了资产者的虚荣和贪婪。他的重要作品还有长篇小说《爱的荒漠》等。1952 年,他因在小说中"深入刻画了人类生活的戏剧时所展示的精神洞察力和艺术激情"而获得诺贝尔文学奖。

【萨特】(1905—1980)法国作家、哲学家。存在主义主要代表之一。自由学说是萨特存在主义的灵魂。自由是萨特哲学、文学和政治评论著作的最重要的主题。其主要作品有哲学著作《存在与虚无》,话剧《苍蝇》,长篇小说《恶心》《自由之路》等。1964 年,"因为他那思想丰富、充满自由气息和探求真理精神的作品已经对我们时代发生了深远的影响",瑞典文学院授予他诺贝尔文学奖,但他宣布拒绝领奖,这再次向世界展示了他的自由学说和崇高人格。

【尤奈斯库】(1912—1994)法国剧作家,荒诞派戏剧家之一。其戏剧以戏谑式的语言,象征性的道具和梦幻式的结构,描绘人的孤独、生存的痛苦和无意义。主要作品有《秃头歌女》《椅子》《新房客》《犀牛》等。

【加缪】(1913—1960)法国著名作家。出生于当时为法国殖民地的阿尔及利亚。自幼家境贫寒,靠勤工俭学及助学金完成学业。加缪的创作涉及多种体裁,既有《局外人》《鼠疫》《堕落》等小说,也有《误会》《卡利古拉》《戒严》等剧本,还有《西西弗的神话》《反抗者》等哲学随笔以及大量专栏文章。在加缪看来,"小说从来都是形象的哲学",所以他的作品多以思想的力量见长,以数量不多的作品而不朽。1957年10月,加缪"因其重要的文学作品透彻认真地阐明了当代人的良心所面临的问题"而荣获诺贝尔文学奖。

德 国

【歌德】(1749—1832)德国诗人、剧作家、思想家、德国古典文学和民族文学最杰出的代表。在长达60多年的创作生涯中,他创作了大量优秀的诗歌、戏剧和小说,真实、生动地反映了德国和欧洲政治、经济、文化的发展变化。书信体小说《少年维特之烦恼》对封建社会的种种腐朽现象进行了否定和批判。维特是18

世纪德国新兴市民阶级青年知识分子的典型。小说发表后,深受欢迎,很快被译成欧洲各国文字,成为德国第一部有国际影响的作品。诗体悲剧《浮士德》是歌德的代表作,是他创作的顶峰,描写了主人公浮士德一生探求真理的痛苦历程。诗歌《迷娘》被选入课本。

【席勒】(1759—1805)德国剧作家、诗人。主要作品有剧本《阴谋与爱情》(代表作)、《强盗》、《华伦斯坦》、《威廉·退尔》,美学和文艺批评著作《审美教育书简》《素朴的诗和感伤的诗》等。席勒与歌德是文学上的知交,他们是近代德国民族文学的奠基人。

【雅各布·格林】(1785—1863) 【威廉·格林】(1786—1859)格林兄弟二人都是德国语言学家、童话作家。合编的《儿童与家庭童话集》被译成多种文字,名篇有《灰姑娘》《白雪公主》《生命水》《青蛙王子》《渔夫和他的妻子》《勇敢的小裁缝》《不莱梅的音乐家》《年轻的巨人》《小红帽》等。

【海涅】(1797—1856)德国诗人和政论家。1843年和马克思相识,写成政治诗集《时代之诗》,其中最著名的是《西里西亚的纺织工人》。长篇政治讽刺诗《德国——一个冬天的童话》是他的代表作。《西里西亚的纺织工人》曾被选入课本。

【尼采】(1844—1900)德国唯心主义哲学家、文艺理论家,主张艺术家应当高度地扩张自我,表现自我。主要著作有《查拉图斯特拉如是说》《悲剧的诞生》等。

【赫尔曼·黑塞】(1877—1962)德国作家。当过学徒工、书店店员。1919年起侨居瑞士,1923年入瑞士籍。代表作《荒原狼》通过被称为"荒原狼"的哈里·哈勒尔这个人物,揭示了第一次世界大战后年轻一代的心理。他们在寻找新的存在基础的过程中陷入了理性与非理性、人性与兽性的精神分裂之中,深刻地表现了这一代人的精神危机。主要作品还有《彼得·卡门青》《在轮下》等。1946年,黑塞以他"富于灵感的作品具有遒劲的气势和洞察力,也为崇高的人道主义理想和高尚风格提供了一个范例",而获得诺贝尔文学奖。《读书:目的和前提》被选入课本。

【海因里希·伯尔】(1917—1985)德国小说家。生于科隆一个雕刻匠家庭,中学毕业后当过书店学徒。1939年进入科隆大学学习文学,不久被征入伍。战后当过木匠和统计员。1947年开始发表小说,后成为专业作家。前期作品主要取材于第二次世界大战,揭露法西斯战争的罪恶,反映德国人民的苦难;后期作品则通过小人物的不幸遭遇,展现德国战前、战争年代以及当前人们的生活风貌,揭露社会的弊端。他一生都在与人类的缺点进行斗争,认为文学的作用就是要反抗非正义。他的身上体现了正气和德意志精神,因而被称为"德国的良心"。主要作品有《火车正点》、《一声不吭》、《九点半钟的台球》、《莱尼和他们》(又译《以一个妇女为中心的群像》)、《丧失了名誉的卡塔琳娜·勃罗姆》等。1972年,他因"对时代的广阔视野、结合典型的灵敏技巧和对复兴德国文学作出了贡献"而获得诺贝尔文学奖。短篇小说《流浪人,你若到斯巴……》曾被选入课本。

英　　国

【乔叟】(约1340—1400)英国人文主义作家的最早代表。代表作《坎特伯雷故事集》生动描绘了14世纪英国的社会生活,刻画了各阶层的人物形象,体现了反封建倾向和人文主义思想。

【培根】(1561—1626)英国哲学家、散文家。提出"知识就是力量",认为掌握知识的目的是认识自然,以便征服自然。对人生有深刻的感悟,并写出了许多隽永的散文,其名篇有《论求知》《论时机》《论幸运》《论青年与老年》《论家庭》《论死亡》等。《谈读书》被选入课本。

【莎士比亚】(1564—1616)英国文艺复兴时期戏剧家、诗人。流传剧本37部、长诗2首,十四行诗154首。主要作品有喜剧《仲夏夜之梦》、《威尼斯商人》,历史剧《理查三世》、《亨利四世》和悲剧《罗密欧与朱丽叶》、《哈姆雷特》(又译《哈姆莱特》)、《奥赛罗》、《李尔王》、《麦克佩斯》、《雅典的泰门》等,对欧洲的文学、戏剧的发展有重大影响。莎士比亚的剧作塑造了具有典型性格的人物群像：贪婪、残忍的高利贷者夏洛克；重友情、讲信义的安东尼奥；富于理想、嫉恶如仇的哈姆雷特；钟情而又轻信的奥赛罗，阴险奸诈的伊阿古……莎士比亚的剧作不但是英国，也是欧洲这一时期文学最高成就的标志。莎士比亚被认为是"时代的灵魂"，"他不属于一个时代，而属于所有的世纪"。《罗密欧与朱丽叶》(节选)曾被选入课本。

【弥尔顿】(1608—1674)英国诗人，政论家。主要作品有长诗《失乐园》《复乐园》和《力士参孙》。

【笛福】(1660—1731)英国小说家。代表作《鲁滨逊漂流记》反映了资产阶级上升时期要求"个性自由"，发挥个人才智，勇于冒险，追求财富的进取精神。主人公鲁滨逊独自漂流到无人荒岛上生活了28年，依靠劳动改善了生活环境。本书被节选入课本。

【斯威夫特】(1667—1745)英国作家。代表作《格列佛游记》叙述英国医生格列佛航海漂流到几个国家(幻想中的小人国、大人国、飞岛、马国)的经历,抨击了英国 18 世纪初期的资本主义统治,批判了行政、立法、司法制度以及殖民主义、金钱关系等各方面的黑暗和罪恶。

【布莱克】(1757—1827)英国诗人、版画家。其诗作摆脱古典主义规范的束缚,多采用歌谣和无韵体,重直觉和主观想象,间涉神秘意象,形成了独特的风格。作品主要有《天真的预言》《天真与经验之歌》《先知书》等。20 世纪以来其诗作日益受到评论界重视。

【彭斯】(1759—1796)苏格兰诗人。生于贫农家庭,自幼熟悉苏格兰民谣和古老传说,并曾搜集、整理民歌。诗作《自由树》颂扬法国大革命;《苏格兰人》歌颂反抗英格兰侵略的民族英雄,号召人民争取自由。著名的抒情诗有《一朵红红的玫瑰》《高原玛丽》。《往昔的时光》一诗被选入语文读本。

【华兹华斯】(1770—1850)英国浪漫主义诗人。湖畔派的代表作。湖畔派是 18 世纪末 19 世纪初英国浪漫主义诗歌流派。这个流派的主要诗人住在英格兰北部湖区。他们强调艺术的独立性,认为艺术应注重情感,富于想象。华兹华斯于 1843 年被封为桂冠诗人。1798 年与柯勒律治共同出版《抒情歌谣集》,该书第二版序言阐述了他的美学观点,主张以自然清新的诗风、日常质朴的语言开掘人的内心世界。代表作有长诗《序曲》,组诗《不朽颂》《露西》。抒情诗《孤独的收割人》曾被选入课本。

【简·奥斯汀】(1775—1817)英国女作家。生于乡村牧师家庭。著有《理智与感情》《傲慢与偏见》《爱玛》等长篇小说。

【拜伦】(1788—1824)英国积极浪漫主义诗人。其所作长诗《恰尔德·哈罗尔德游记》是一部浪漫主义叙事诗。它是以主人公——贵族青年哈罗尔德游历欧洲各地的抒情日记形式写成的。长篇叙事诗《唐璜》是拜伦政治思想和艺术技巧成熟期的作品。他的创作对欧洲浪漫主义文学有较大影响。

【雪莱】(1792—1822)英国积极浪漫主义诗人。1818 年被迫离开英国,侨居意大利,此后几年与拜伦交往甚密。诗剧《解放了的普罗米修斯》采用古代希腊关于普罗米修斯的神话,表达了反抗专制统治的斗争必将获胜的信念和空想社会主义的理想。雪莱的抒情短诗在他的创作中占有极为重要的地位,著名的有《西风颂》《致云雀》等。《致云雀》被选入课本。

【济慈】(1795—1821)英国诗人。具有资产阶级民主思想,部分作品也涉及社会政治问题。抒情诗很优美。著名作品有《夜莺颂》《秋颂》等。后者被选入语文读本。

【狄更斯】(1812—1870)英国19世纪伟大的现实主义小说家。生于一个贫寒的小职员家庭,当过童工、缮写员、新闻记者。重要作品有《匹克威克外传》《大卫·科波菲尔》《艰难时世》《双城记》等。《大卫·科波菲尔》(节选)被选入课本。

【勃朗特】① 夏洛蒂·勃朗特(1816—1855)英国女作家。代表作《简·爱》成功地塑造了一个敢于反抗、敢于争取自由和平等地位的妇女形象。② 艾米莉·勃朗特(1818—1848)英国女作家,夏洛蒂·勃朗特之妹。主要作品《呼啸山庄》叙述一个孤儿因遭受种种歧视,痛恨社会的不平等,进行个人报复的故事。③ 安妮·勃朗特(1820—1849),英国女作家,夏洛蒂、艾米莉之妹,主要作品有《艾格妮丝·格雷》。勃朗特一家三姐妹都是作家,这在世界文坛上也是很少有的。

【哈代】(1840—1928)英国著名作家。主要作品《德伯家的苔丝》描写贫穷的农家女子苔丝一生的遭遇。她为了生活,不得不忍受剥削,并受到富家子弟的污辱,但是使她陷入绝境的是资产阶级社会的道德偏见。哈代对苔丝寄予了深切的同情,他把这个犯了"奸淫罪"和"杀人罪"的女子称作"一个纯洁的女人",并用这作为本书的副标题,向资本主义社会的伦理道德提出抗议。《无名的裘德》写青年石匠裘德一生的遭遇。哈代的作品对人民贫穷不幸的生活作了真实的反映,对资产阶级的文明和道德作了深刻的揭露。

【萧伯纳】(1856—1950)英国批判现实主义剧作家。生于爱尔兰。青年时贫困,20岁到伦敦开始创作生涯。著名剧本有《华伦夫人的职业》《苹果车》《巴巴拉少校》《真相毕露》

等。萧伯纳活到 94 岁,创作活动长达 70 多年。他的剧作对英国的戏剧革新作出了贡献。1925 年获诺贝尔文学奖。

【柯南·道尔】(1859—1930)英国作家。所著侦探小说《福尔摩斯探案集》以错综复杂的情节和曲折离奇的侦探方法著称。

【约翰·高尔斯华绥】(1867—1933)英国 20 世纪继承批判现实主义传统的重要作家。他 1895 年开始创作,代表作是以福尔赛一家为主体的一组三部曲《福尔赛世家》(《有产业的人》《骑虎》《出租》)。1932 年,他凭借《福尔赛世家》获诺贝尔文学奖。短篇小说《品质》曾被选入课本。

【伯特兰·罗素】(1872—1970)英国哲学家、数学家,也是当代世界最有影响的思想文化名人之一。除了哲学和数学,他在政治、教育、伦理、文学、宗教等诸多方面,都卓有建树,被西方称为"百科全书式的作家"。1950 年,瑞典文学院授予他诺贝尔文学奖,以表彰他"捍卫人道主义理想和思想自由的多种多样、意义重大的作品"。主要著作有《数学原理》

(与怀特海合著)、《哲学问题》、《幸福之路》、《自由之路》、《西方哲学史》等。《我为什么而活着》被选入课本。

【温斯顿·丘吉尔】(1874—1965)曾任英国首相。他不仅是一位极富个性的政治家、国际政治中心叱咤风云的人物,也是一位著作等身的作家。他的代表作是《第二次世界大战回忆录》,重要作品还有《河上的战争》《世界危机》《我的少年时代生活》《随想和奇遇》《伟大的同时代人》《巴尔巴罗传》等。1953年,瑞典文学院把该年度诺贝尔文学奖授予他时曾这样评价:"丘吉尔在政治上和文学上的成就如此巨大,使人不由地想把他描绘成一位具有西塞罗天才文笔的凯撒。古往今来的领袖们中还从未有过一位如此杰出兼有二者才具,又与我们这样接近的人物。"

【弗吉尼亚·伍尔夫】(1882—1941)英国著名意识流小说家,也是著名的评论家和杂文家。她的小说创作实践推动了现代小说的发展,她的理论进一步巩固了意识流小说的地位。她强调"内心真实",认为"生活是一圈光晕,一个始终包围我们意识的半透明层"。她呼吁:"让我们在那万千微尘纷坠心田的时候,按照落下的顺序把它们记录下来,让我们描出每一事每一景给意识印上的(不管表面看来多么互无关系、全不连贯)痕迹吧。"她的论文《论现代小说》是意识流小说创作的宣言。主要作品有短篇小说《墙上的斑点》《雅各的房间》,长篇小说《远航》《达洛维夫人》《到灯塔去》《海浪》等。《墙上的斑点》曾被选入课本。

【T. S. 艾略特】(1888—1965)英国诗人和批评家。其诗作受法国象征主义的影响。主要作品有长诗《荒原》《四个四重奏》等。1948年获诺贝尔文学奖。

爱 尔 兰

【伏尼契】(1864—1960)爱尔兰女作家。主要作品小说《牛虻》描写19世纪30年代意大利人民反对奥地利统治的斗争,揭露天主教会的反动面目,塑造了资产阶级革命者牛虻的形象。

【乔伊斯】(1882—1941)爱尔兰现代派小

说家。创作中大量使用内心独白来表现主人公的"潜意识",刻意描写变态心理。代表作《尤利西斯》被称为意识流小说的"经典性作品"。

【萨缪尔·贝克特】(1906—1989)爱尔兰剧作家、小说家。所作两幕剧《等待戈多》,揭示人类在荒谬宇宙中的尴尬处境,被视为荒诞派戏剧中最有代表性的作品。在他的小说里,没有多少真实的社会生活的场景和画面,不触及具体的社会问题,所揭示的是人类生存的困惑、焦虑、孤独,人的精神同肉体的分离,人对自身的无法把握,人的自主意识丧失之后的无尽悲哀和惨状。他用一些生活的碎片和幻想来负载他的哲学沉思。他因为"具有新奇形式的小说和戏剧作品,使现代人从贫困境地中得到振奋"而荣获1969年诺贝尔文学奖。《等待戈多》(节选)曾被选入课本。

西 班 牙

【塞万提斯】(1547—1616)文艺复兴时期西班牙人文主义文学的杰出代表。代表作是讽刺骑士制度的长篇小说《堂·吉诃德》。

意 大 利

【但丁】(1265—1321)中世纪到文艺复兴过渡时期最伟大的诗人、中世纪意大利文学杰出的代表、欧洲文艺复兴的先驱。其代表作《神曲》在世界文学史上占有重要的地位,对后世欧洲文学影响极大。《神曲》是一部长达14000余行的长诗。全诗分《地狱》《炼狱》《天堂》三个部分,以梦幻故事的形式,隐喻象征的手法,广泛反映了中世纪后期意大利的社会生活,大胆谴责了贵族和教会统治的罪恶,表达了当时人民反封建反教会的情绪。

【薄伽丘】(1313—1375)意大利文艺复兴时期杰出的小说家、卓越的人文主义者。其代表作《十日谈》,开欧洲近代短篇小说之先河,是人文主义思想的一束火炬。作品包括100个故事,描写当时市民阶层对禁欲主义的反抗,嘲讽了贵族、教士的卑鄙、虚伪和残暴。

奥 地 利

【茨威格】(1881—1942)奥地利著名作家、文艺评论家。小说创作受弗洛依德潜意识理论的影响,成为人的"灵魂的猎者",深深地进入人的内心世界,极其精细地雕刻出人的心灵的每一丝震颤。主要作品有长篇小说《爱与同情》,中篇小说《象棋的故事》《一个陌生女人的来信》,短篇小说《家庭女教师》《看不见的珍藏》《情网》《月下小巷》等。高尔基曾经为他的作品感动流泪,拍案叫绝。选入课本的有《伟大的悲剧》《列夫·托尔斯泰》。

【卡夫卡】(1883—1924)被公认为西方现代派文学的奠基人之一。他的作品展现了一个独特的世界,其中现实和梦幻、理性和荒诞交织在一起,给人一种扑朔迷离,有时甚至阴沉恐怖的感觉。卡夫卡在生前并没有名气。他的作品从 20 世纪 30 年代开始,特别是第二次世界大战末期和战后才广泛流传,他也因此成为一个具有世界影响的作家。他的主要作品有短篇小说《变形记》《判决》《在流放地》《乡村医生》和长篇小说《审判》《城堡》等。他被称为我们这个时代最值得注意、最深刻的思想家之一。《变形记》被选入课本。

丹　麦

【安徒生】(1805—1875)19 世纪第一个赢得世界声誉的北欧作家。父亲是穷苦的鞋匠，母亲是洗衣工。他处于生活的底层，对社会的不平等有切身的感受。他用童话的文学形式对当时的现实生活作了生动的反映，对底层劳动者充满同情，对剥削者和统治阶级作了大胆的揭露与讽刺。名篇有《卖火柴的小女孩》《丑小鸭》《皇帝的新装》《夜莺》《海的女儿》等。这些作品形象鲜明，故事生动，想象丰富，思想深刻，不仅对孩子有吸引力和教育意义，对成人也有巨大的启示作用。选入课本的有《一个豆荚里的五粒豆》《海的女儿》《卖火柴的小女孩》。

挪　威

【易卜生】(1828—1906)挪威最伟大的戏

剧家。他一生写了20多部剧本。早期的剧作大多是以民间传说、英雄事迹和挪威中世纪历史为题材写成的浪漫主义作品,充满爱国主义精神。他的中期剧作由浪漫主义转向现实主义,正视社会现实,被称为社会问题剧,著名作品有《玩偶之家》《社会支柱》《人民公敌》等。晚期剧作逐步走向象征主义,由社会批评逐步走向内心活动的描写和精神生活的分析。他的名作《玩偶之家》早在70多年以前就被译成中文,搬上中国的舞台,赢得了中国人的喜爱。主人公娜拉是一个年轻、美丽而又天真的女子,丈夫似乎很爱她,但只是把她当作"玩偶"和宠物,并不让她具有独立的思想和独立的人格。她终于不能忍受这种耻辱的处境,为了做一个真正的人,她义无反顾地离开了那个充满虚伪氛围的家庭。这部剧作对中国的妇女运动起了很大的促进作用。1923年,鲁迅先生为北京女子高等师范学校的学生作过《娜拉走后怎样》的演讲。中国戏剧大师曹禺先生说"易卜生是世界上有独创性的戏剧家之一。他在创作的内容和技巧上都开辟了一个新天地。

他是挪威戏剧史上的里程碑,他的影响遍及全世界"。《玩偶之家》(节选)被选入课本。

俄 罗 斯

【克雷洛夫】(1769—1844)俄国寓言作家。出身贫穷,少年时就做小公务员,因此熟悉官场的黑暗。创作寓言200多篇,主要借动物形象讽刺帝俄社会,名篇有《狼和小羊》《乌鸦和狐狸》《农夫和蛇》等。《池子与河流》被选入课本。

【普希金】(1799—1837)19世纪俄罗斯伟大的民族诗人、俄国积极浪漫主义文学的主要代表和俄国批判现实主义文学的奠基人。代表作是诗体小说《叶甫盖尼·奥涅金》。其他重要作品有政治抒情诗《致西伯利亚的囚徒》《自由颂》《致恰达耶夫》,长篇叙事诗《高加索俘虏》《茨冈》,短篇小说《驿站长》《暴风雪》,中篇小说《黑桃皇后》,长篇小说《上尉的女儿》,童话诗《渔夫和金鱼的故事》等。普希金的创作在俄国文学史上占有光辉的地位。高尔基赞誉他是"俄国文学之始祖",是"伟大的俄国人民诗人"。诗作《假如生活欺骗了你》《致大海》被选入课本。

【果戈理】(1809—1852)俄国批判现实主义文学的奠基人。他以"极度忠于生活"的现实主义精神,鲜明生动的典型形象和笑中含泪的讽刺手段,无情地揭露了沙皇专制农奴制的丑恶和黑暗。《狄康卡近乡夜话》是他的第一部成名作。《狂人日记》写一个小官吏一生为长官服务,他原以为长官具有崇高廉洁的品德,后来却发现"一切最好的东西"都被这些"大人"所霸占。他彻底失望,终于发狂,最后他发出了"救救孩子"的呼唤。果戈理在创作小说的同时,还创作了一些喜剧,其中最著名的是《钦差大臣》。一个偏僻的小城里的官僚们得悉钦差大臣要来察访的消息后,惊慌失措,把一个路过的彼得堡小官员误认为钦差,争着巴结他,向他行贿,市长甚至把女儿许配给他。这家伙乐得以假作真,大捞一笔而去。这部喜剧深刻地反映了俄国专制制度的腐朽。长篇小说《死魂灵》是果戈理创作的顶峰。他通过描写投机政客乞乞科夫收买死去的农奴的花名册以骗取钱财的过程,形象地揭露了地主阶级的卑劣和腐朽,具有强烈的讽刺力量。《死魂灵》的节选《泼留希金》曾被选入课本。

【冈察洛夫】(1812—1891)俄国著名作家。代表作《奥勃洛摩夫》成功地塑造了俄国地主阶级的一个典型形象。他懒惰麻木,整日昏昏欲睡,一生的大部分时间都在躺卧中度过。他没法把思想集中起来考虑任何实际问题,更不能克服微不足道的障碍,去处理一件日常生活中的具体事情。和所有的农奴主一样,他以不为衣食奔走而自傲,以从不亲手穿袜子为光荣。"奥勃洛摩夫性格"已成为萎靡不振、无所作为者的代名词。

【莱蒙托夫】(1814—1841)俄国著名诗人。主要作品有抒情诗《孤帆》《诗人之死》《鲍罗金诺》《祖国》,长诗《恶魔》《童僧》,诗剧《假面舞会》,长篇小说《当代英雄》等。《当代英雄》包括五篇独立的故事,由主人公毕巧林把它们贯穿起来。毕巧林是彼得堡一个富有的贵族青年军官。他富有才华,又具有意志力,却处于令人窒息的环境,徒然愤世嫉俗,不能有所作为,深深地为"活着为什么""生下来有什么目的"而苦恼,因而把多余的精力浪掷在奇遇和惊险活动之中,以寻求刺激来填补心灵的空虚。毕巧林是俄国文学史上"多余的人"中的一员。莱蒙托夫的创作,兼有积极浪漫主义和批判现实主义,他是继普希金之后的一个具有独特风格的作家。诗作《祖国》曾被选入课本。

【屠格涅夫】(1818—1883)19世纪俄国著名的批判现实主义作家。他第一部具有影响的作品是《猎人笔记》。这是一部短篇小说和散文集,描述了农奴制度下外省城镇和乡村各个阶层的生活。长篇小说《罗亭》和《贵族之家》反映了19世纪三四十年代俄国社会特别是贵族知识分子的生活。罗亭是"多余的人"行列中的新典型。在长篇小说《前夜》中,他塑造了保加利亚革命者英沙罗夫的形象。后来发表的长篇小说《父与子》刻画了贵族自由主义者与平民知识分子、激进民主主义者巴扎罗夫的思想冲突。屠格涅夫小说最显著的艺术特点是浓厚的抒情风格。他以温情脉脉的笔调,抒写男女主人公的悲剧命运。他善于体察大自然的细微变化,并使之和人物的情绪融为一体。散文《麻雀》被选入课本。

【陀思妥耶夫斯基】(1821—1881)19世纪俄国著名的批判现实主义作家,是擅长从内心世界去刻画人物的艺术大师。代表作《罪与罚》描写贫穷的法科大学生拉斯柯尔尼科夫杀害放高利贷的老太婆后心灵上所承受的重负,他最终只好去自首,以寻求解脱。陀思妥耶夫斯基的主要作品还有中篇小说《穷人》,长篇小说《被侮辱与被损害的》《白痴》等。

【车尔尼雪夫斯基】(1828—1889)俄国革命民主主义思想家、文学批评家和作家。主要作品有长篇小说《怎么办》《序幕》,美学论著《生活与美学》等。

【列夫·托尔斯泰】(1828—1910)俄国批判现实主义大师。长篇巨著《战争与和平》以1812年俄法战争为背景,以包尔康斯基、罗斯托夫、别祖豪夫、库拉金四个豪族作主线,在战争与和平的交替中,展现了当时社会、政治、经济、家庭生活的无数画面;描绘了众多的人物,反映了各阶级和各阶层的思想情绪。《安娜·

卡列尼娜》的问世,是托尔斯泰批判现实主义新发展的标志。安娜是一个追求资产阶级个性解放的人物。她离家出走,但为上流社会的道德所不容,最终卧轨自尽。《复活》是托尔斯泰最后一部长篇小说。主人公聂赫留朵夫和玛丝洛娃通过"忏悔"和"宽恕",走向精神上和道德上的"复活",使"人性"由丧失到复归,充分体现了"不以暴力抗恶""道德自我修养""爱的宗教"等"托尔斯泰主义"思想。托尔斯泰的小说具有震撼人心的艺术力量,是人类文明的不朽宝藏。选入课本的有《复活》(节选)、《跳水》、《穷人》。

【契诃夫】(1860—1904)俄国批判现实主义文学的著名作家,在中短篇小说创作上有杰出的成就,著名篇目有《小公务员之死》、《变色龙》、《套中人》(又译为《装在套子里的人》)、《万卡》、《第六病室》等。他的小说题材相当广泛,统治阶级奴才的专横无耻,没落贵族的腐朽,资产阶级的贪婪,劳动者的贫穷与痛苦,小市民的庸俗与丑恶,不甘堕落者的苦闷与追求,无不跃然纸上;语言简练纯朴,确切且极富表现力,讽刺与幽默的笔调达到了出神入化的境界。《变色龙》《装在套子里的人》被选入课本。

【绥拉菲莫维奇】(1863—1949)苏联作家。描写国内战争的长篇小说《铁流》标志着他创作的最高成就,鲁迅先生赞扬它表现了"铁的人物与血的战斗"。

【高尔基】(1868—1936)苏联著名作家。原名阿列克谢·马克西莫维奇·彼什科夫。生于木工家庭,3岁丧父,后来寄居在外祖父家中。只读过两年小学,10岁走进"人间"。在黑暗社会的底层,他当过学徒,捡过破烂,做过跑堂的、看门人、码头工和面包师傅。在生活的磨难中,他坚持自学,刻苦读书。1892年,他在《高加索报》上用"高尔基"的笔名发表了第一篇短篇小说《马卡尔·楚德拉》,从此走上文学创作的道路。长篇小说《母亲》是高尔基最著名的作品。工人巴威尔是无产阶级文学中最早出现的工人革命家的形象。巴威尔的母亲彼拉盖雅·尼洛夫娜由一个胆小怕事、温顺柔弱的妇女成长为一名无产阶级的革命战士。列宁给《母亲》极高的评价,称它是一部"非常及时的书"。高尔基的重要作品还有自传体三部曲《童年》《在人间》《我的大学》,长篇小说《阿尔达莫诺夫家的事业》《克里姆·萨姆金的一生》,散文诗《海燕》,戏剧《在底层》《仇敌》《小市民》等。散文诗《海燕》被选入课本。

【阿·托尔斯泰】(1883—1945)苏联作家。代表作长篇小说《苦难的历程》三部曲(《两姊妹》《一九一八年》《阴暗的早晨》)描写革命初期和国内战争时期苏联人民的英勇斗争和知识分子的思想转变历程。他的重要作品还有长篇历史小说《彼得大帝》和历史剧《伊凡雷帝》等。

【马卡连柯】(1888—1939)苏联教育家和作家。代表作长篇纪实小说《教育诗》生动地反映了他从事流浪儿童和少年违法者教育改造工作的过程。这部作品曾对中国的教育工作者产生过很大影响。

【帕斯捷尔纳克】(1890—1960)苏联作家。以长篇小说《日瓦戈医生》震惊世界文坛。这部小说描写了一位名叫日瓦戈的原沙皇军医在十月革命前后的遭遇。由于作者以揭露性的笔法描写了十月革命后知识分子所蒙受的苦难经历和革命所造成的毁灭,这部小说当时受到了苏联国内严厉的批判。在英译本出版的 1958 年,诺贝尔文学奖委员会宣布他为该年度的获奖者。但迫于国内的政治压力,他没有接受这笔奖金。

【马雅可夫斯基】(1893—1930)苏联革命诗人。主要作品有长诗《列宁》《好》《穿裤子的云》《放开喉咙歌唱》,剧本《臭虫》《澡堂》,短诗《开会迷》《苏联护照》等。他的以重音为基础的阶梯诗,节奏鲜明有力,在苏联诗歌的革新上起了很大的作用。

【法捷耶夫】(1901—1956)苏联著名的无产阶级作家。长篇小说《毁灭》曾由鲁迅翻译成中文,并被誉为"纪念碑的小说"。长篇小说《青年近卫军》是他的代表作。

【奥斯特洛夫斯基】(1904—1936)苏联著名的无产阶级作家。生于贫苦的工人家庭,刚满 10 岁就去当车站食堂童工和发电厂的助理司炉。16 岁参加红军,在国内战争中受重伤,病情逐渐恶化,最后双目失明,全身瘫痪,在病榻上写成长篇小说《钢铁是怎样炼成的》。小说主人公保尔·柯察金实际是以作者本人作为生活原型的。他具有高度的觉悟、顽强的毅力、钢铁的意志,是无产阶级先锋战士的光辉典型。这部小说的节选《筑路》曾被选入课本。

【肖洛霍夫】(1905—1984)苏联著名作家。代表作史诗般的巨著《静静的顿河》生动地反映了十月革命前后顿河一带的重大历史事件和哥萨克各阶层的矛盾冲突和兴衰变化。他的重要作品还有长篇小说《被开垦的处女地》、中篇小说《一个人的遭遇》等。1965年,瑞典文学院认为"他在描绘顿河的史诗式的作品中,以艺术家的力量和正直,表现了俄国人民生活中具有历史意义的面貌",因而授予他诺贝尔文学奖。《一个人的遭遇》(节选)曾被选入课本。

【瓦西里耶夫】(1924—2013)苏联作家,以写卫国战争题材的小说而著称。1969年因发表中篇小说《这里的黎明静悄悄》而声名大震。这部作品很快被改编为话剧、歌剧、电影、芭蕾舞剧,被选入中学教材,并于1975年获苏联国家奖。他的作品以近似纪实的真实描写、细致的心理刻画、浓郁的抒情色彩和浪漫主义激情为艺术特点,具有很强的感染力。

匈 牙 利

【裴多菲】(1823—1849)匈牙利革命民主主义诗人。生于屠户家庭,因家庭贫困,中学没读完就不得不外出谋生。当过兵,作过流浪艺人。他以诗歌作为战斗武器,参与民族独立的革命斗争。他的诗热情澎湃,充满理想,具有号召力和鼓动性。名篇有《自由,爱情》《使徒》《给贵族老爷们》《民族之歌》等。鲁迅在《为了忘却的记念》一文中提到过裴多菲和他的诗。

捷 克

【伏契克】(1903—1943)捷克斯洛伐克作家、文艺评论家。《绞刑架下的报告》是伏契克在法西斯监狱里,面临随时被绑上绞刑架的危险,以惊人的毅力写下的一部长篇特写。全书真实地记录了从被捕第一天起,直到牺牲前一刻,他与同志们所受到的酷刑和坚贞不屈的斗争。作品在简洁的叙事中常穿插热烈的抒情和精辟的议论,具有强烈的艺术魅力与思想深度。《二六七号牢房》曾被选入课本。

美 国

【本杰明·富兰克林】(1706—1790)美国政治家、科学家。他是美国独立运动的领导人,曾参加著名的《独立宣言》的起草。他的著名作品《富兰克林自传》,文笔优美,文风质朴,是一本励志杰作。

【斯陀夫人】(1811—1896)美国女作家,也译作斯托夫人。代表作《汤姆叔叔的小屋》暴露了罪恶的蓄奴制度。小说生动地描写了黑奴汤姆被几经转卖、惨遭迫害的非人生涯,体现了鲜明的民主倾向,对当时反对蓄奴制的政治斗争起了很大的推动作用。

【亨利·戴维·梭罗】(1817—1862)美国作家、哲学家。1837年毕业于哈佛大学,曾任教师,从事过各种体力劳动。1845年,为了体验人在大自然中的生活,他独自到优美的瓦尔登湖畔结庐定居,开始了一项为期两年的生活试验。1854年,著名散文集《瓦尔登湖》出版,这本书详细记述了他隐居瓦尔登湖畔的观察体验,反映了他对人与自然关系的探索和思考。梭罗除了被人们尊称为第一个环境保护主义者之外,他还是一位关注人类生存状况的有影响的哲学家,他的著名论文《论公民的不服从义务》(又译为《消极抵抗》《论公民的不服从》)极大影响了托尔斯泰和圣雄甘地的思想。《瓦尔登湖》的节选《寂寞》一文曾被选入课本。

【惠特曼】(1819—1892)美国著名诗人。出身贫寒,曾当过木工和排字工。他一生的诗歌创作都编在《草叶集》中。惠特曼的诗热情奔放,采用口语,打破因袭的诗歌格律,确立了自由体诗歌的地位。他的创作对美国和欧洲诗歌的发展很有影响。《自己之歌》(节选)被选入课本。

【狄金森】(1830—1886)美国19世纪诗坛的一颗巨星,世界抒情短诗大师之一。作品多以歌颂自然、死亡为主题,富于哲理思想。诗风简朴,形象鲜明,口语色彩浓厚,不受传统韵律束缚,被誉为美国20世纪新诗的先驱。

【马克·吐温】(1835—1910)19世纪末美国现实主义文学的杰出作家。年轻时先后当过印刷所的学徒、排字工人、银矿工人、领航员和新闻记者。他来自中下层社会,体验过各种各样的生活,接触过各式各样的人物,对密西西比河流域的民间传说也非常熟悉,这是他创作的生活基础。著名作品有短篇小说《百万英镑》《竞选州长》,长篇小说《镀金时代》《汤姆·索亚历险记》《哈克贝利·费恩历险记》等。马克·吐温的创作以幽默讽刺见长。选入课本的有《威尼斯的小艇》《登勃朗峰》。

【欧·亨利】(1862—1910)美国优秀的短篇小说家。他的作品大多取材于小市民的生活,描写他们朝不保夕、捉襟见肘的可怜处境(《麦琪的礼物》);也表现他们互相关心、互助友爱的高贵品质,但是仍然逃不出厄运的魔掌(《最后一片藤叶》);或表现穷困失业、无家可归的流浪汉生活(《警察与赞美诗》)。欧·亨利的小说情节生动,笔调幽默,被誉为"美国生活的幽默百科全书"。他的小说构思巧妙,结局出人意外,耐人寻味,故有"欧·亨利式的结尾"之说。《麦琪的礼物》《警察与赞美诗》曾被选入课本。

【德莱塞】(1871—1945)美国现代优秀的进步作家。家境贫寒,当过饭店洗碗伙计、洗衣房工人等。主要作品有长篇小说《嘉莉妹妹》、《珍妮姑娘》、《欲望》三部曲(《金融家》《巨人》《斯多噶》)等。长篇小说《美国的悲剧》使他获得世界声誉。

【杰克·伦敦】(1876—1916)美国批判现实主义作家。生于破产农民家庭,做过报童、工人、水手。青年时代流浪各地,曾去加拿大北部淘金。短篇小说《热爱生命》,描写人同自然界的严酷斗争,是列宁喜爱的作品之一。长篇小说《铁蹄》描写工人群众反对金融寡头统治的革命斗争。自传体长篇小说《马丁·伊登》描写了一个青年作家个人奋斗的人生历程。

【海伦·凯勒】(1880—1968)美国女作家、教育家。幼时患病,两耳失聪,双目失明。7

岁时，安妮·莎莉文担任她的家庭教师，从此成了她的良师益友，相处达50年。她在莎莉文的帮助下就读于马萨诸塞州剑桥女子学校，又入剑桥的拉德克利夫学院，1904年以优异成绩毕业。在大学期间写了第一本书《我生命的故事》(又译《我生活的故事》)，叙述她如何战胜病残，不仅给盲人而且给成千上万的正常人带来了鼓舞。该书被译成50多种文字，在世界各国流传。主要著作还有《我所生活的世界》《从黑暗中出来》《我的信仰》《中流——我以后的生活》《愿我们充满信心》等。1959年，联合国曾发起"海伦·凯勒世界运动"，影响深远。1965年被推选为"世界十名杰出妇女"之一。《假如给我三天光明》(节选)被选入课本。

【亨德里克·威廉·房龙】(1882—1944)荷裔美国作家和历史学家。1911年获德国慕尼黑大学博士学位，毕业后曾先后从事多种职业，但在写作方面取得了最令人瞩目的成就。他围绕人类生存发展最本质的问题，以生动而幽默的语言、精辟而睿智的论述，向人类的无知与偏执挑战，普及知识与真理，使之成为人所共知的常识。代表作包括《荷兰共和国衰亡史》《人类的故事》《圣经的故事》《发明的故事》《宽容》《房龙地理》等 20 余部,均有相当大的影响。其作品先后在荷兰、德国、法国、瑞典、日本、中国等 20 多个国家翻译出版。

【奥尔多·利奥波德】(1887—1948)美国作家、生态学家、土地伦理学家,被称为"一个热心的观察家,一个敏锐的思想家和一个造诣极深的文学巨匠"。他从小喜欢跟着父亲到野外活动。大学毕业后长期在林业部门工作。1933 年,他成为威斯康星大学农业管理系的教授,在研究人和土地关系的问题上,逐渐形成了完整的大地生态观念和大地道德观念。二战期间,他写出了自己一生中最好的一本书——《沙乡年鉴》,这是他对自然、土地和人类的关系与命运的观察与思考的结晶,这部书被誉为"绿色圣经"。《大雁归来》是《沙乡年鉴》中的一篇随笔,被选入课本。

【史沫特莱】(1892—1950)美国女作家、新闻记者。1928 年以《法兰克福日报》特派记者身份来中国,在上海参加中国进步文化运动。

著有自传体长篇小说《大地的女儿》和记述朱德生平的《伟大的道路》及介绍中国革命斗争的短篇小说、杂文集《中国人民的命运》《中国红军在前进》《中国在反攻》《中国的战歌》等。

【福克纳】(1897—1962)美国意识流和心理分析小说的巨匠。代表作《喧哗与骚动》《野棕榈》《当我垂死的时候》《押沙龙,押沙龙!》《八月之光》中的意识流技巧炉火纯青,心理分析十分深入。他的小说大部分是以他的故乡密西西比州"约克纳帕塔法县"为背景的。1949年,福克纳因"对当代美国小说作出了强有力的艺术上无与伦比的贡献"而获诺贝尔文学奖。

【海明威】(1899—1961)美国著名小说家。人们在介绍海明威时曾说:一个以保卫西班牙共和国为己任的战士,一个跟随一支秘密队伍走遍法兰西各地的战地记者,一个老练的渔夫,一个漂亮的拳击家,一个能打飞鸟的优秀射手,一个唯一活着阅读过自己的讣闻和唁电的人,这个人就是海明威。海明威一生亲历两次世界大战,他的著名长篇小说《太阳照常升起》《永别了,武器》《丧钟为谁而鸣》,都是写战争给士兵和平民所带来的灾难和创伤的。挫折、死亡、热情、对人性的执着,是海明威的终极题旨。1952年发表的中篇小说《老人与海》,描写一个老渔夫与鲨鱼搏斗的故事,语言简洁精练。1954年,海明威因"他精通于叙事艺术,突出地表现在他的近著《老人与海》中,同时也因为他在当代风格中所发挥的影响"而获诺贝尔文学奖。《老人与海》(节选)被选入课本。

【阿瑟·米勒】(1915—2005)美国剧作家。1936年开始创作生涯,代表剧作有《都是我的儿子》《推销员之死》等。《推销员之死》(节选)曾被选入课本。

【约瑟夫·海勒】(1923—1999)美国现代著名小说家,黑色幽默文学的代表之一。主要作品有长篇小说《第二十二条军规》《出了毛病》和剧本《我们轰炸了纽黑文》等。

日　　本

【川端康成】(1899—1972)日本著名作家。自幼失去亲人,沦为孤儿。孤独而贫苦的生活,铸就了他忧郁、怪僻的性格。早年参加发起新感觉派文学运动,逐渐探索出一条将日本传统文学精神与西方现代派文学技巧融为一体的创作道路。主要作品有《伊豆的舞女》《雪国》《千只鹤》《古都》等,笔法细腻,感受敏锐。1968年,因他以"敏锐的感受、高超的叙事技巧,表现日本人的精神实质"而获诺贝尔文学奖。他是第一位获此殊荣的日本作家。

【壶井荣】(1900—1967)日本现代女作家。生于农民家庭,1938年开始发表作品。《我的百花故事》中的选篇《蒲公英》曾被选入课本。

【小林多喜二】(1903—1933)日本无产阶级作家。代表作有中篇小说《蟹工船》、自传体长篇小说《为党生活的人》等。

【大江健三郎】(1935—)日本作家。主要作品有《个人的体验》《万延元年的足球队》《核时代的森林隐遁者》等。在创作思想上,受到存在主义的影响。其作品在展现的异化、扭曲和丑恶的世相的背面,表现了人在政治重压和核威胁下,内心的孤独和痛苦。1994年,他因"以诗的力量,创造了一个想象的世界,在这个世界里,现实与神话被凝缩在一起,构成了一幅反映现代人类困境的多变的图景"而获诺贝尔文学奖。

【村上春树】(1949—　)日本小说家、美国文学翻译家。毕业于早稻田大学,30岁时就凭处女作《且听风吟》获"日本群像新人奖"。1987年出版的长篇小说《挪威的森林》在日本畅销400万册,形成"村上现象"。主要作品有《海边的卡夫卡》《寻羊冒险记》《舞!舞!舞!》等。其作品深受欧美轻盈基调风格的影响,少有日本战后阴郁沉重的气息,被称作第一个纯正的"二战后时期作家",并被誉为日本1980年代的文学旗手。

印　　度

【泰戈尔】(1861—1941)印度伟大的诗人、作家、艺术家和社会活动家。他一生笔耕不辍,为人类留下了大量的优美的文化遗产,计有50多部诗集、30多种散文著述、12部中长篇小说、近百篇短篇小说、30多部剧本、2000多首诗歌和2000多幅美术作品,还有大量哲学、语言、政治、历史、宗教方面的著作。泰戈尔的诗以《吉檀迦利》《飞鸟集》《园丁集》《新月集》最为著名。在这些诗中,读者可从细微中见出伟大,平凡中悟出真理。一片草叶、一滴露珠、一片云朵、一只小鸟,在他美妙的笔下都化作永恒的感情,抒发着自由和爱的精神,流露出和谐之美。泰戈尔是近代印度中短篇小说的创始人。他的小说大多取材于孟加拉河流域,多以抨击殖民主义统治、斥责封建道德习俗为主题。名篇有《摩诃摩耶》《素芭》等。《沉船》《戈拉》是泰戈尔长篇小说的代表作。泰戈尔"由于他那至为敏锐、清新与优美的诗,由于他的诗高超的技巧",而在1913年成为东方第一位获诺贝尔文学奖的作家。选入课本的有《花的学校》《金色花》。

黎 巴 嫩

【纪伯伦】(1883—1931)阿拉伯现代文学的旗手。曾留学法国,后长期侨居美国。他开创了阿拉伯的散文诗,并形成新的艺术流派,影响深远。主要作品有《先知》《泪与笑》《折断的翅膀》等。纪伯伦的诗作表现了杰出的驾驭语言、驯化语言、选择语言的功力。他的诗富有音乐的色彩和感情的节奏,意象清新,具有暗示功能和极强的艺术感染力。《花之歌》被选入课本。

拉丁美洲

【博尔赫斯】(1899—1986)阿根廷诗人、小说家、文学评论家。曾就读于英国剑桥大学。20世纪20年代开始文学创作,深受尼采哲学思想和卡夫卡、爱伦·坡创作手法影响。主要作品有《世界丑闻》《小径分叉的花园》《影子的颂歌》《深沉的玫瑰》等。拉美评论界认为"他是拉美的杰出作家,也是世界性的作家,他的才华可与塞万提斯媲美"。

【巴勃罗·聂鲁达】(1904—1973)智利诗人。主要作品有《诗歌总集》《伐木者,醒来》《葡萄园和风》《冬天的花园》等。1971年,"因为他的诗歌具有自然般的作用,复苏了一个大陆的命运和梦想"而被授予诺贝尔文学奖。《统一》被选入课本。

【加西亚·马尔克斯】(1927—2014)20世纪拉丁美洲魔幻现实主义文学的杰出代表。1951年,他以童年时代的生活和故乡小镇的历史为蓝本,完成了第一部长篇小说《枯枝败叶》,从此奠定了他作为小说家的地位。1965年,他开始创作奠定其在拉美乃至世界文坛地位的长篇名著《百年孤独》。这部小说通过布恩迪亚家族七代人的复杂经历表现了拉丁美洲的历史。在流畅的、到处埋伏着隐喻和象征的文字间,哥伦比亚乃至拉美地区落后农村的生活情境历历在目。魔幻是这部小说的重要特征。在作品中,鬼魂、预言、征兆等神秘因素层出不穷。其节选被选入课本。1982年,他因《百年孤独》的成功而荣获诺贝尔文学奖。

2. 作　　品

【古希腊神话】古希腊人民留给后世的口头文学遗产,包括"神的故事"和"英雄传说"两部分。古希腊神话创造了庞大的神的群体:宙斯,是众神之主,"神和人之父",威力无边,能随意降祸赐福,并掌管雷电云雨。他有众多的子女,如智慧女神雅典娜、战神阿瑞斯、工匠之神赫菲斯托斯、青春女神赫柏以及希腊神话中最伟大的英雄赫拉克勒斯。赫拉,宙斯的第七位妻子,掌管婚姻和夫妇之爱的女神,是女性尤其是孕妇和产妇的庇护者。她好用权势,非常残酷,且生性嫉妒,宙斯的众多情妇及其子女都曾受过她的迫害。为此,宙斯曾惩罚她。关于她的很多故事后来经常出现在西方文学作品中。安泰,是海神波塞冬和地神盖娅的儿子,格斗时只要身不离地,就能从大地母亲身上不断吸取力量,所向无敌。阿波罗,是太阳神。厄洛斯(即罗马神话中的丘比特),是小爱神。阿佛洛狄忒(即罗马神话中的维纳斯),是美神和爱神。赫耳墨斯,是众神的使者。缪斯,是九位文艺和科学女神的通称。潘多拉,希腊神话中的第一个女人,貌美性诈,私自打开了宙斯让她带给厄庇米修斯的一只盒子,里面所装的疾病、疯狂、罪恶、嫉妒等祸患一齐飞出来,只有希望留在盒底。"潘多拉的盒子"常用来比喻灾祸的来源。斯芬克斯,是古希腊神话中的狮身人面女妖。她被宙斯之妻赫拉派去害人。她有个谜语:"什么动物清晨四条腿走路,而中午和晚上分别用两条腿和三条腿走路?"来者如果猜不出,就被她杀死。后来俄狄浦斯路过,回答她说,这种动物是人。斯芬克斯听后羞愧难当,跳崖而死。

【伊索寓言】相传为公元前6世纪希腊寓言家伊索所作。公元1世纪开始成书,现通行的《伊索寓言》是后人搜集整理编订而成的。伊索寓言大部分是动物故事,大多具有比喻或象征意义:有的用凶恶的动物比喻人间的权贵,讽刺、揭露他们专横、残暴、欺凌弱小的罪恶,如《狼和小羊》《狮子与野驴》;有的反映了奴隶渴望自由的心情,如《狼和狗》等;有的总结了人们的生活经验,教人做人和处世的道理,如《农夫与蛇》《乌龟与兔》等;也有宣扬了宿命思想的。伊索寓言形式短小,故事单纯,比喻精当,形象生动,寓意深刻,奠定了欧洲文学史上寓言体裁的基础,对后世的寓言创作产生了重大影响。

【圣经】基督教最神圣的经典,包括《旧约全书》《新约全书》两部分。《旧约全书》原来是犹太教的圣经,希伯来人文学遗产的总汇。其中《摩西五经》(《创世记》《出埃及记》等)多为希伯来人的神话和传说。《新约全书》的主要内容是"四福音"(《马太福音》《马可福音》《路加福音》《约翰福音》),是耶稣的言行录;其次是记载最早一批使徒言行的《使徒行传》;以后是阐教释义的书信;最后是描绘理想新天地的《启示录》。《圣经》不但有宗教意义,而且在世界文学史上也占有重要的地位,影响极为深远。

【一千零一夜】旧译《天方夜谭》,是古代阿拉伯文学的宝贵遗产。它生动地描绘了中世纪阿拉伯的社会生活,是一幅瑰丽多姿的历史画卷。由于它具有引人入胜的故事、流畅通俗的语言、奇妙的想象、对事物的鲜明爱憎和对理想的热烈追求,因而吸引了世界各国一代又一代的读者。著名故事有《渔夫的故事》《阿拉丁和神灯》《阿里巴巴和四十大盗》《巴格达窃贼》等。高尔基把《一千零一夜》誉为民间口头创作中"最壮丽的一座纪念碑",它"美妙诱人的虚构、流畅自如的语句,表现了东方各民族——阿拉伯人、波斯人、印度人——美丽幻想所具有的力量"。《渔夫的故事》曾被选入课本。

【堂·吉诃德】西班牙作家塞万提斯的这部巨著是 16 世纪末 17 世纪初西班牙社会生活的百科全书。它广泛地描写了各阶层的人物,展现了一幅无所不包的社会生活画卷,揭露了正在走向衰落的西班牙王国的各种矛盾,表达了进步的人文主义思想。堂·吉诃德这个艺术形象足以与莎士比亚的哈姆雷特、歌德的浮士德相媲美。这是一个人文主义者兼主观主义者的悲剧性典型。他的性格特征是理想与现实相脱离,动机与效果相矛盾,主观与客观相分裂。无论是哪个时代、哪个国家的人都可从堂·吉诃德身上看到这种人类易犯的通病。

【浮士德】歌德的诗体哲理悲剧,与《荷马史诗》、但丁的《神曲》齐名,是一部史诗性的巨著。这部诗剧的创作从 1770 年开始构思到 1831 年完成历经 60 年之久。取材于中世纪关于浮士德博士的传说。共两部,第一部共25场,不分幕,第二部分为5幕。全剧没有首尾连贯的情节,以浮士德的思想发展为线索。《天上序曲》是全剧的开端,写魔鬼梅菲斯特和上帝打赌,浮士德与魔鬼定下了契约:愿以灵魂为赌注,使魔鬼满足他的一切要求。第一部主要写浮士德和甘泪卿的爱情以及由此引发的种种悲剧性纠葛。第二部写浮士德的政治活动,对政治生活失望后,接着写他和象征古典美的海伦的结合,并生有一子欧福良,欧福良向高处飞时,不幸陨落在父母脚下,海伦也在痛苦中隐去。对古典美的追求也以幻灭告终。这时,浮士德又产生了征服大海的雄心,在魔鬼的帮助下开始填海造田的工程。已是百岁老人的他把死灵们为他挖掘坟墓的声音,当成了群众在劳动,不由满意地说出了"你真美啊,请停留一下!"按照契约,他倒地死去。但天使把他的灵魂引向了天堂。全剧的基本主题是人生理想以及怎样实现理想的问题。浮士德是一个文艺复兴时代的巨人形象,是新兴资产阶级知识分子的代表,他的一生反映了欧洲自文艺复兴到 19 世纪初期文化发展的历程。

【红与黑】法国作家司汤达的代表作。小说成功地塑造了一个为谋求个人幸福而在生活中冲锋陷阵的"英雄"于连的形象。作者敏锐地捕捉住了人物的内心世界,以鲜明、强烈、富有挑战意味的姿态点明主题,又以成熟的思想和艺术塑造了一个勇于实现自我价值的个人奋斗者的典型,并通过该典型反映了当时法国风起云涌的时代状况。小说发表之初并不受人重视,但经过时间的考验,它终于成为举世公认的最富魅力的传世之作之一。

【人间喜剧】巴尔扎克系列小说的总标题。该标题是受了但丁《神的喜剧》(一般译为《神曲》)的启发而定的。据《人间喜剧》总目记载,《人间喜剧》包括 137 部小说,当时出版或已脱稿的有 85 部,加上最后三年创作并未列入总目的 6 部小说,共完成了 91 部。在这些作品中,作者塑造了 2400 多个人物形象,展示了 19 世纪上半叶整个法国社会的生活画卷,不但揭示了贵族阶级注定灭亡的命运,而且暴露了正处在上升时期的资产阶级的本质属性,批判了金钱统治一切的罪恶。恩格斯曾指出:巴尔扎克"在《人间喜剧》里给我们提供了一部法国'社会'特别是巴黎'上流社会'的卓越的现实主义历史"。

【欧也妮·葛朗台】法国作家巴尔扎克的代表作,《人间喜剧》中的一部。小说以葛朗台的血腥掠夺和欧也妮的爱情悲剧为中心事件,表现了资本主义社会人与人之间赤裸裸的金钱关系,批判了金钱对人的灵魂的腐蚀和摧残。葛朗台是资本积累时期暴发户的代表。作者生动传神地描绘了他贪婪、吝啬的性格特征,使他成为文学史上吝啬鬼、守财奴的典型。欧也妮则是作者笔下的理想人物,纯洁善良,温柔顺从。但这"天使"般的少女却成了金钱关系的牺牲品,她虽然富有,但精神寂寞,只好在痛苦中求助于宗教的解脱。作者对自己这部小说非常满意,曾说"《欧也妮·葛朗台》是我最出色的画幅之一"。

【悲惨世界】法国作家雨果最重要的长篇小说,也是一部被誉为"社会史诗"的伟大作品。作者以极大的正义感,真切地再现了挣扎在死亡线上的贫苦人的悲惨生活。因偷了一片面包而在狱中度过了 19 年的冉·阿让,因受污辱被解雇而最终沦落为娼的芳汀以及像落在狼窝里的小羊羔一样任人宰割的珂赛特,都令读者为之感叹。作者正是要"通过现实来描写地狱",一方面表达对被压迫者和弱小者的同情,另一方面表达对罪恶的社会制度的抨击。小说巨大的艺术魅力在于它的浓厚的人道主义思想,如米里埃主教对冉·阿让的感化,冉·阿让的一系列善行义举等。在结构上,小说好似一棵大树,主干为冉·阿让的故事,又有芳汀、珂赛特、沙威等枝干故事,枝叶交错,头绪繁复而不乱。这部小说是现实主义与浪漫主义相结合的杰作,犹如一颗璀璨的明珠,在世界文学之林中放射出夺目的光彩。

【巴黎圣母院】法国作家雨果最出色的浪漫主义作品。它成功地塑造了漂亮的吉卜赛女郎埃斯梅拉达和外表丑、内心美的敲钟人卡西莫多这两个善良、无辜的主人公。小说揭露了 15 世纪末法国上层社会和宗教的虚伪、残暴,对生活在底层的人们的善良和正义寄予深切的同情。小说以浪漫的笔调出色地描绘了巴黎的壮丽图景和中世纪的生活风貌,情节引人入胜,有强烈的艺术感染力。

【基度山伯爵】法国作家大仲马小说的巅峰之作。其突出的特点是:情节曲折离奇,扣人心弦,富有传奇色彩。全书主干写邓蒂斯报恩与复仇的经过。作者匠心独运,将两次复仇写得互不相同,各异其趣。作者善于用对话来刻画人物性格、交代历史背景、发展故事情节,在平易顺畅的对话中展现激烈动荡的感情和尖锐曲折的冲突。这部作品在世界各国拥有广大的读者,是通俗小说中的佼佼者。

【茶花女】法国作家小仲马的代表作。作者率先把一个浪迹于上流社会的风尘女子纳入文学作品描写的中心,开创了法国"落难女郎"系列的先河。作品通过对巴黎名妓玛格丽特生活经历的描绘,真实地展现了法国七月王朝上流社会生活的糜烂,作者对他们的虚伪和冷酷进行了深刻的揭露和辛辣的讽刺。作品从阿尔芒和玛格丽特的日记角度,以第一人称展开叙述,洋溢着浓郁的抒情色彩和悲剧气氛。作品于1852年被作者改成剧本上演,场场爆满,引起轰动。后来据此改编成的歌剧更是影响深远。

【哈姆雷特】 英国剧作家莎士比亚的《哈姆雷特》取材于12世纪的《丹麦史》。它以中世纪丹麦宫廷为背景,通过哈姆雷特为父报仇的故事,真实描绘了文艺复兴晚期英国和欧洲社会的真实面貌,表现了作者对文艺复兴运动的冷静反思和对人的命运前途的深刻关切。作品的最大成功是塑造了处于理想与现实矛盾中的人文主义者哈姆雷特的形象。起初,他把世界看作光彩夺目的美好天地,是一个怀抱理想的人文主义者,是个"快乐王子"。但面对父亲惨死、母亲改嫁的现实,他精神颓唐、痛苦,成了"忧郁王子"。他一方面愤激地诅咒"冷酷的人间",一方面又深入地思考与研究生活于其间的人。正是这种理想与现实的矛盾,造成了他思考多于行动的犹豫,"生存还是毁灭"是他常说的一句话,因此他又成了文学史上所说的"延宕王子"。他的性格特点及悲剧结局,恰好反映了人文主义思想的危机和致命弱点。奸臣波格涅斯的女儿奥菲利娅、国王克劳狄斯、王后乔特鲁德等人物的性格也很鲜明。杀兄篡位的克劳狄斯是阴险残酷的利己主义者的代表。独白这一揭示人物内心活动最为直接的形式,是作者塑造典型的一种重要艺术手段。剧中独白的恰当运用,不仅展示出主人公哈姆雷特的内心活动,也揭示了他内心的矛盾冲突。此外,剧中诙谐而不乏诗意的双关语,使剧作充满妙趣和才智,对观众来说是一种艺术享受。该剧以其对罪恶与暴力的强烈抨击和对崇高的人文主义理想的充分肯定,成了莎剧创作的最高成就,复仇王子哈姆雷特的形象也成了欧洲乃至世界文学史上最成功的艺术形象之一。

【简·爱】英国作家夏洛蒂·勃朗特的一部优秀现实主义作品。小说一反当时流行的漂亮温柔的女性和风度翩翩的男性演绎爱情故事的模式,把女主人公写得其貌不扬,男主人公写得冷淡、古板。这在人物形象塑造上是一次大胆的尝试。从简·爱这一形象中,我们可以看出作者争取平等、独立、自由的理想。为了实现这一理想,小说突出描写了简·爱为谋求女性经济独立权和爱情平等权的斗争。这是一部带有作家自传性质的作品,采用的是第一人称的写法,并以"我"的经历来安排结构,揭示了主人公不同阶段的性格发展。这不仅缩短了主人公与读者的距离,而且使小说获得了亲切感人的艺术效果,深受各国读者欢迎。

【大卫·科波菲尔】英国作家狄更斯的一部自传体小说。作品以主人公大卫从流浪、奋斗到成功的曲折经历为"母故事",派生出一系列戏剧性的"子故事",从而形成错综复杂的事件与人物的网络,内容丰富多彩,结构浑然一体。围绕大卫,作者又根据其善与恶的道德标准,塑造了一组好人和一组坏人,并以独特的漫画式手法赋予人物鲜明的个性,形成了一个具有丰满的精神世界的人物画廊。作者幽默、风趣的语言风格在此也得到了充分展示。全书是一幅流光溢彩的社会、人生画卷,给人以清新、鲜明、生动的印象,代表了狄更斯小说艺术的最高成就。

【牛虻】爱尔兰作家伏尼契的代表作,也是教育和影响了三代中国人的伟大作品。它最突出的特色是洋溢着一种强烈的英雄主义精神。小说中的故事发生在意大利人民为赶走奥地利人、统一祖国而进行斗争的惊心动魄的时代。主人公牛虻是个有血有肉的英雄,但他绝非完人,其优点和缺点一样突出。小说自始至终都使读者感到牛虻那种矢志不渝的追求、那种不可调和的仇恨以及那种感人肺腑的爱情。因为牛虻坚韧不拔的精神超越了时空,所以虽历经百年,但至今仍震撼人们的心弦。

【安娜·卡列尼娜】俄国作家列夫·托尔斯泰的著名长篇小说。作者通过安娜与列文两条线索,真实、深刻而多角度地再现了当时的俄国社会,探讨了当时重大的社会问题,同时从家庭、爱情关系出发,批判了当时上流社会的腐化堕落和官僚制度的虚伪,揭露了地主对农民的剥削,最后提出了调和一切矛盾的人类之爱的思想。作品成功地塑造了美丽、优雅、敢于大胆追求自由和爱情、敢于直面社会压迫的安娜这个形象。在艺术上,作者从大处着眼,小处落笔,在整个社会的大背景下展开故事情节,还善于在激烈的矛盾冲突中凸现人物的性格特点。这部小说先后多次被改编成电影,影响遍及世界。因为这部小说是一个完美而充满生活真实的艺术品,所以陀思妥耶夫斯基在读完它之后,把托尔斯泰称为"艺术之神"。小说卷首那句"幸福的家庭是相似的,不幸的家庭各有各的不幸"更被视为经典,广为流传。

【复活】俄国作家列夫·托尔斯泰的最后一部长篇小说,也是他最有成就的一部小说。它揭露和批判了沙皇专制制度下的法庭、监狱、整套法律制度和形形色色的官僚机构,揭露和抨击了官办教会的虚伪残忍。主人公聂赫留朵夫和玛丝洛娃通过"忏悔"和"宽恕",走向精神和道德的"复活",使人性由丧失到复归,充分体现了"不以暴力抗恶""道德自我修养"等"托尔斯泰思想"。小说无论是结构、表现手法,还是语言运用,都达到了批判现实主义艺术成就的高峰。

【钢铁是怎样炼成的】苏联作家奥斯特洛夫斯基的代表作,曾在我国广大青年中产生过巨大而深远的影响。主人公保尔经历了种种考验,意志日益坚强,书名的深刻含义即在于此。保尔这个形象之所以具有鼓舞人的力量,首先在于他有倔强的个性和坚韧的毅力。保尔对生活积极乐观的态度激励了无数陷入困境的人们,使他们重新扬起理想的风帆。其次在于他对共产主义的坚定信念。这部小说作为经典的意义,就在于它给勇于求索的人们以无穷的动力。

【飘】美国作家玛格丽特·米切尔的著名长篇小说。美国南北战争的风暴,使南方的传统和秩序随风"飘"逝而去。作者站在同情农奴主的立场上来反映这场战争,并对战后的重建运动感到失望,对南方的往昔岁月不胜惋惜。作者塑造了一位不屈不挠、百折不回、对生活永不绝望、性格强悍的名叫斯佳丽的妇女形象。她的身上流动着新兴资产阶级创业者的血液,体现了具有开拓意识的现代人的精神。书中的爱情故事也曲折动人,充满浪漫色彩,加上血与火的战争背景的烘托,更显得残酷而美丽。该书1936年出版,轰动美国,成为最畅销的小说。后据该书改编的电影《乱世佳人》获十项奥斯卡奖,成为电影史上的经典名作。

【老人与海】美国作家海明威的一部力作,也是他生前发表的最后一部小说。小说通过老渔夫桑提亚哥与鲨鱼搏斗的故事,歌颂了人的力量之伟大。无论是八十四天的"背运",还是在与马林鱼搏斗感觉到"自己要垮下来的时候",他都坚持"试它一试",还要"忍住一切的疼痛,抖擞抖擞当年的威风,把剩下的力气统统拼出来"。虽然在与鲨鱼的殊死搏斗中失败了,但他的精神没有垮。他带回来一副巨大的鱼骨架。在梦中,他看到小孩陪伴着他,还梦见了狮子。这是对未来胜利的向往,是对人的精神力量的肯定。"一个人并不是生来要给打败的,你尽可以把他消灭掉,可就是打不败他",这句名言集中体现了老渔夫的"硬汉"性格。

3. 并称、特称

【古希腊三大悲剧家】指埃斯库罗斯(代表作是《被缚的普罗米修斯》)、索福克勒斯(代表作是《俄狄浦斯王》)、欧里庇得斯(代表作是《美狄亚》)。

【文艺复兴三杰】指意大利文艺复兴时期的彼特拉克、但丁、薄伽丘。

【莎士比亚四大悲剧】指历史剧《哈姆雷特》《奥赛罗》《李尔王》《麦克白》。

【世界文学中的四大吝啬鬼】指莎士比亚《威尼斯商人》中的夏洛克、莫里哀《悭吝人》(又译作《吝啬鬼》)中的阿巴贡、巴尔扎克《欧也妮·葛朗台》中的葛朗台、果戈理《死魂灵》中的泼留希金四个人物形象。

【十九世纪俄国三大文艺批评家】指别林斯基、车尔尼雪夫斯基和杜勃罗留波夫。他们在俄国思想史和文学史上都占有很重要的地位。

【世界三大短篇小说之王】指法国的莫泊

桑、俄国的契诃夫、美国的欧·亨利。理由：(1) 他们是同时代的著名短篇小说家。(2) 他们的创作速度之快、数量之多,堪称为王。(3) 他们在短篇小说创作上的艺术造诣精湛,都达到了炉火纯青的地步,可以互相媲美。

【三个托尔斯泰】指著有历史剧《伊凡雷帝之死》三部曲的阿列克谢·康斯坦丁诺维奇·托尔斯泰,著有《战争与和平》《安娜·卡列尼娜》的列夫·尼古拉耶维奇·托尔斯泰,著有《苦难的历程》三部曲的阿列克谢·尼古拉耶维奇·托尔斯泰。在世界文学史上影响最大的是列夫·托尔斯泰。为了便于区别,人们称列夫·托尔斯泰为"老托尔斯泰",而将第三个称为"小托尔斯泰"或"十月革命时代的托尔斯泰"。

【世界文学中著名的"三部曲"】列夫·托尔斯泰的自传体三部曲(《童年》《少年》《青年》)、高尔基的自传体三部曲(《童年》《在人间》《我的大学》)、巴尔扎克的"幻灭"三部曲(《两个诗人》《外省大人物在巴黎》《发明家的苦难》)、左拉的"三城市"三部曲(《鲁尔德》《罗马》《巴黎》)、法国作家萨特的"自由之路"三部曲(《成年》《弥留》《心灵之死》)、凡尔纳的三部曲(《格兰特船长的儿女》《海底两万里》《神秘岛》)、法国作家博马舍的"费加罗"三部曲(《塞维勒的理发师》《费加罗的婚姻》《有罪的母亲》)、阿·托尔斯泰的"苦难的历程"三部曲(《两姊妹》《一九一八年》《阴暗的早晨》)、美国作家德莱塞的"欲望"三部曲(《金融家》《巨人》《斯多噶》)等。

4. 外国文学之最

古 希 腊

最早、最伟大的文学巨著是《荷马史诗》,它包括《伊利亚特》和《奥德赛》。最早的文艺理论专著是亚里士多德的《诗学》。最早的寓言集是《伊索寓言》。

英 国

最著名的积极浪漫主义诗人是拜伦。最杰出的戏剧家是莎士比亚。最杰出的批判现实主义戏剧家是萧伯纳。最典型的积极浪漫主义作品是雪莱的诗剧《解放了的普罗米修斯》。最杰出的讽刺小说是斯威夫特的《格列佛游记》。最著名的侦探小说是柯南·道尔的《福尔摩斯探案集》。最有成就的批判现实主义作家是狄更斯。

法　国

最早、最伟大的喜剧作家是莫里哀。最杰出的浪漫主义小说是雨果的《巴黎圣母院》。最早的批判现实主义作品是司汤达的小说《红与黑》。最杰出的短篇小说家是莫泊桑。

德　国

最早的积极浪漫主义诗人是海涅。最伟大的诗剧是歌德的《浮士德》。最早产生国际影响的小说是歌德的《少年维特之烦恼》。

意　大　利

最杰出的叙事长诗是但丁的《神曲》。最著名的喜剧家是哥尔多尼,代表作是《一仆二主》。最早而有影响的短篇小说集是薄伽丘的《十日谈》。

俄 罗 斯

最早的批判现实主义作品是普希金的诗体小说《叶甫盖尼·奥涅金》。最早的批判现实主义长篇小说是果戈理的《死魂灵》。最著名的批判现实主义长篇小说是列夫·托尔斯泰的《复活》。最著名的爱情悲剧长篇小说是列夫·托尔斯泰的《安娜·卡列尼娜》。最早的社会主义现实主义的长篇小说是高尔基的《母亲》。俄国最杰出的短篇小说家是契诃夫。

美 国

最早的伟大民族诗人是惠特曼。最优秀的浪漫主义作品是霍桑的长篇小说《红字》。最早的现实主义小说是斯陀夫人的长篇小说《汤姆叔叔的小屋》。最杰出的短篇小说家是欧·亨利。最杰出的讽刺作家是马克·吐温。最杰出的批判现实主义小说家是德莱塞,代表作是《美国的悲剧》。

印　度

最早的著名叙事史诗是梵语叙事诗《罗摩衍那》。最长的叙事诗是梵文叙事史诗《摩诃婆罗多》。最著名的戏剧作品是迦梨陀娑的《沙恭达罗》。印度最著名的作家、诗人是泰戈尔。

日　本

最早的长篇小说是《源氏物语》。最杰出的批判现实主义作家是夏目漱石。最早获诺贝尔文学奖的作家是川端康成。

东　欧

波兰最早获诺贝尔文学奖的作家是显克维支,代表作是《十字军骑士》。捷克最著名的报告文学是伏契克的《绞刑架下的报告》。匈牙利最早用民歌形式创作的伟大诗人是裴多菲。

阿 拉 伯

最著名的民间故事总集是《一千零一夜》,又名《天方夜谭》。伊朗最著名的故事诗集是萨迪的《蔷薇园》。

三、文学体裁、创作方法及流派

【小说】文学作品的主要体裁之一。它通过叙述完整的故事情节、描绘具体环境、塑造各种各样的人物形象,反映广阔而丰富多彩的社会生活。从题材分,有历史小说、神话小说、现实小说;从内容分,有侦探小说、武侠小说、言情小说、科幻小说等;从篇幅分,有长篇小说、中篇小说、短篇小说、小小说等。

【散文】文学作品的主要体裁之一。其主要特点是:篇幅短小,形式自由,题材广泛,不需要完整的故事情节,也不受韵律约束,既散得开(形散),又收得拢(神聚),既可叙事、写景、议论、抒情,也可四者兼用,既能截取某些片断反映社会生活,又能创造优美的艺术境界。按其不同功能,散文可分为叙事散文、抒情散文、说理散文、游记散文等。

【戏剧】文学作品的体裁之一。它有广狭

二义：一是话剧、歌剧、戏曲的总称，一是专指话剧。一般取其广义的概念。它借助文学、音乐、美术、舞蹈等艺术表现手法，由演员在一定的舞台空间表演故事情节，揭示尖锐激烈的矛盾冲突，塑造具体的舞台艺术形象，以再现社会生活，表现具有现实意义的主题，使观众得到集中的美感享受，受到一定的教益。根据艺术形式和表现手法，可分为话剧、歌剧、舞剧；根据剧情的繁简和结构的不同，可分为多幕剧、独幕剧；根据题材反映时代的不同，可分为历史剧、现代剧；根据矛盾冲突性质的不同，可分为悲剧、喜剧、正剧。剧本是戏剧艺术的文学部分，是舞台演出的基础和依据。入选课本的剧本有《屈原》《茶馆》《雷雨》《玩偶之家》等。

【诗歌】文学作品的主要体裁之一。其基本特征是通过抒发强烈、独特的感受、情绪来反映社会生活。它要求以集中的内容、饱满的感情、丰富的想象、精练的语言、鲜明的节奏、和谐的韵律，创造高超的艺术境界，给人以美的享受。按内容和表达方法的不同，诗歌可分为抒情诗、叙事诗；按语言格律的不同，可分为格律诗、自由诗;按时代发展,可分为古体诗、今体诗(近体诗)、新诗;按创作方式不同,可分为文人诗、民间诗;与其他体裁结合,又可分为散文诗、寓言诗等。

【报告文学】主要文学体裁之一。它是兼有新闻和文学双重特征的边缘性的独立文体。它运用文学语言和多种艺术手法,运用生动的情节和典型的细节,选取生活中人们普遍关心的题材,迅速、准确、真实地"报告"社会生活中具有典型意义的真人真事。它具有新闻性、文学性、政论性。该文体产生于西方,19世纪二三十年代传入我国,近年来日趋完善、成熟,在当代文坛发挥着越来越大的作用。夏衍的《包身工》是中国现代报告文学的代表作。

【儿童文学】指适合少年儿童阅读的各种体裁的文学作品,包括童话、寓言、历史传说与科幻故事以及诗歌、小说、戏剧作品等。儿童文学作品根据不同年龄段的少年儿童的心理特点和认知能力进行创作,重视趣味性、形象性、知识性和思想性的结合。

【民间文学】指人民群众集体口头创作、口头流传并不断地集体修改、加工的文学,包括神话、传说、故事、歌谣、谚语、寓言、谜语等。曾选入课本的《牛郎织女》就是汉族著名的民间文学作品之一。

【杂文】是在鲁迅先生倡导下成熟起来的一种文学样式。它是在散文的基础上吸收了外来随笔、小品文的特点而形成的。其形式多种多样,大都兼有评论和文艺两种因素,既有缜密的逻辑,又有生动的形象。它一般不作出直接的结论式的答案,而是采用对比、暗示、象征、借喻、反语、幽默、讽刺等艺术手法,写出生活中的"锢弊"或某些人的"类型"。其文风或幽默生动,或尖锐泼辣。它内容广泛,知识丰富,古今中外,都有涉及。其语言简洁缜密,富有气势和表现力。鲁迅的杂文是杂文的典范。课本中还收有马南邨的《不求甚解》。

【古体诗】也叫古诗、古风,一般指唐代产生近体诗以前的诗。古体诗在句数、字数、押韵、平仄、对仗等方面没有严格的规定。诗的每一句有几个字就叫几言,如四言、五言、七言、杂言等。《诗经》中的诗大多是四言诗,如

《硕鼠》。课本中的《石壕吏》《归园田居》和《饮酒》是五言诗,也叫五古。《琵琶行》是七言诗,也称七古。《梦游天姥吟留别》是杂言诗。

【近体诗】也叫今体诗,是唐代形成的格律诗。它在句数、字数、押韵、平仄、对仗等方面均有较严格的规定。近体诗分律诗、绝句、排律三种。律诗分五律(五个字一句)、七律(七个字一句)两种。每首八句,单句叫出句,双句叫对句;出句和对句合起来叫一联。全诗分首联(一二句)、颔联(三四句)、颈联(五六句)、尾联(七八句),中间的两联(三四句和五六句)必须对仗。第二、四、六、八句的句末一个字要押韵,首句可押可不押。课本中的《送杜少府之任蜀州》《春夜喜雨》是五律,《钱塘湖春行》《闻官军收河南河北》是七律。绝句,也叫截句,以五言、七言为主,称为五绝、七绝。每首四句,第二、四两句要押韵,绝句用不用对仗都可以。初中课本中所收的近体诗不少都是绝句。

【词】萌芽于南朝,形成于唐代,盛行于宋代的一种诗体,又称曲子词、长短句、诗余。按字数的多少,词可分为小令(58字以内)、中调

(59至90字)、长调(91字以上)。一首词只有一段的叫单词,两段的叫双调(分上、下阕),三段、四段的叫三叠、四叠。每首词都有一个表示音乐性的调名,叫词调,也叫词牌。在常见的词调中,以单调(如《十六字令》《渔歌子》《忆江南》等)和双调(如《浣溪沙》《渔家傲》《永遇乐》《念奴娇》《清平乐》《菩萨蛮》《西江月》《雨霖铃》《沁园春》《卜算子》《蝶恋花》《如梦令》《忆秦娥》《一剪梅》等)为最多。

【赋】中国古代兼具诗歌与散文特点的一种文学体裁。原是《诗经》铺陈叙事的一种表现手法,后来发展成为一种文体。其结构一般分三部分:开头有序,说明作赋原因,用不押韵的散文或骈体文;中间是赋的本身;最后是"乱",对全篇作结。明代徐师曾把赋分为古赋、俳(pái)赋、律赋、文赋四种。古赋即汉赋,大都用铺陈夸张手法,描写都城、宫宇和帝王穷奢极侈的生活,篇末往往加一个讽谏的尾巴,如班固的《两都赋》、张衡的《二京赋》。文赋是在中唐以后受古文运动影响而产生的,句子参差,以散代骈,押韵也较随便,形成清新流畅的气势,与汉赋很接近,如唐代杜牧的《阿房宫赋》、宋代苏轼的《赤壁赋》。

【骈文】又称骈体文、骈俪(lì)文或骈偶文;因这类文章常用四、六字句,所以也称"四六文"。它开源于东汉,形成于魏晋,盛行于南北朝。它在语言形式上的特点是:讲求骈偶,讲求声律,讲求用典,重视藻饰。因骈文过分追求形式美,故内容大多空洞贫乏。不过,也有一些内容充实深刻、具有独特风格的佳作,如吴均的《与朱元思书》、丘迟的《与陈伯之书》等。

【乐府】我国古代一种带有音乐性的诗体,两汉较为盛行。后世把魏晋至唐代可以入乐的诗歌和后人仿效乐府旧题的作品,也统称为乐府。其主要特点是,叙事性作品中出现了有一定性格的人物形象和比较完整的情节。句式大多"篇无定句,句无定字",以五言为主,又多变化,押韵较自由。标题有的加上"歌""行""吟""曲""引"等。著名的作品有汉乐府《长歌行》《陌上桑》《孔雀东南飞》,北朝乐府《敕勒歌》《木兰诗》,古乐府有曹操的《观沧海》、李白的《行路难》,新乐府有白居易的《卖炭翁》和杜甫的《石壕吏》《兵车行》等。其中《孔雀东南飞》是我国古代最长的叙事诗,它与《木兰诗》并称为"乐府双璧"。

【曲】本是音乐方面的名称,金元时期成了跟唐诗、宋词并称的元曲。元曲包括散曲和杂剧。散曲是清唱曲,包括小令和套数。小令由一支曲牌构成,如《山坡羊》《天净沙》(如张养浩的《[中吕]山坡羊·潼关怀古》,其中的"中吕"是宫调名,"山坡羊"是曲牌名,"潼关怀古"是题目)。套数是由两支以上的曲子按一定规则连缀而成的组曲,它可用来叙述完整的情节并夹有议论,如睢景臣的《[般涉调]哨遍·高祖还乡》。杂剧是可以演出的戏曲(如课本中的《窦娥冤》),它有完整的故事情节,有唱词,还有科介、宾白。每本戏只有一个主角,男主角叫"正末",女主角叫"正旦",次要角色有净、丑、孛老、卜儿、副净、副末等。

【古代文体】指古代诗、词、曲、赋韵文以外的文体。(一)论辩类:① 论,用以直接阐明自己的观点,有时是对某种见解的驳斥。它又分史论和文论两种,课本中的《过秦论》《六国论》

都属史论。② 说,多用来说明某种事理,通常叙述兼有议论。如收入课本的《马说》《爱莲说》《师说》等。③ 原,对事物的本原进行阐述和推究。如明清之际黄宗羲的《原君》、唐代韩愈的《原毁》。(二) 记叙类:① 传,记载人物生平事迹的文章,如选入课本的《苏武传》《种树郭橐驼传》等。《史记》中的"列传",用以记述帝王、王侯以外的人物事迹,如选入课文的《屈原列传》等。② 行状,在一个人死后,故友、门生等人将死者世系、名字、爵里、寿年等详情具书上报,请求追谥封号或乞墓志碑表之类。逸事状,属行状类文体,举轶事逸闻,以彰其名。如曾选入课本的《左忠毅公逸事》《记王忠肃公翱事》。③ 碑记,专门叙写死者的生平事迹,如曾选入课本的《五人墓碑记》。④ 记,记人、记事、写景、状物均可。如《游褒禅山记》《石钟山记》《岳阳楼记》《登泰山记》《醉翁亭记》《桃花源记》《梅花岭记》《狱中杂记》《核舟记》等。(三) 告语类:① 策,古代臣子向皇帝陈述政见、进献谋略的一种文体,如苏轼的《教战守策》。② 表,古代向帝王上书言事的一种文体。原本是用以陈情的官府文书,后世也用以叙事、劝进、庆贺、辞免、谢恩、推荐等。如诸葛亮的《出师表》、李密的《陈情表》等。③ 疏,古代臣子对君王条陈自己对某事看法的一种文体,后来也称"奏疏""奏议""奏章"。如选入教材的《谏太宗十思疏》。④ 书,即书信,是故旧、朋辈间往来的文字。如选入教材的《答司马谏议书》《与朱元思书》《答谢中书书》。

(四) 序跋类:① 序,介绍或评述一部著作或一篇文章的一种文体。如选入教材的《五代史伶官传序》。赠序,送别亲友所用的一种文体,多抒发敬爱、劝勉、依恋之情,如选入课本的《送东阳马生序》。② 跋,多半写在书籍或文章的后面,介绍、评价作品,说明写作目的,或记读后感的一种文体,也称"后序""后记""题跋"。如曾选入课本的《〈指南录〉后序》。(五) 其他:① 铭文,指具有警戒、激励性的文字,与铸金刻石以记功、记事的墓志铭式的"铭"不同。唐代刘禹锡的《陋室铭》就属此类。② 祭文,古代祭奠死者写的哀悼性文章,如曾选入教材的《祭十二郎文》《祭妹文》。

【现实主义】文学艺术的基本创作方法之一。在文学史上,它与浪漫主义是两大主要思潮。现实主义要求反映生活的本质,描绘具有典型意义的生活现象,真实地表现典型环境中的典型人物。虽然在作品中可以运用想象、夸张等手法,但不能脱离对生活描写的客观性和具体性。现实主义是文学创作的优良传统,是保证文学作品具有生命力的重要因素。我国《诗经》中的多数作品,唐代杜甫、白居易的多数诗歌,明、清的许多小说,鲁迅的《祝福》《药》《阿Q正传》等,都是优秀的现实主义作品。

【浪漫主义】文学艺术的基本创作方法之一。19世纪初期,浪漫主义成了欧洲主要的文艺思潮。其特点是主观幻想,形象夸张,语言热情奔放,感情炽烈浓郁,善于表现奇特景物和人物形象。屈原的《离骚》,李白的许多诗篇,吴承恩的《西游记》,郭沫若的《女神》等都是浪漫主义的优秀作品。19世纪初的积极浪漫主义,在政治上反对封建制度,在艺术上否定古典主义的清规戒律,具有一定的进步意义。代表作家作品有:歌德的《少年维特之烦恼》,拜伦的《恰尔德·哈罗尔德游记》,雪莱的《解放了的普罗米修斯》,雨果的《巴黎圣母院》,海涅、普希金的诗歌,等等。

【古典主义】欧洲文艺复兴后产生的一种文艺思潮,在17世纪的法国发展得最为完备。它拥护王权,崇尚理性,主张用典雅的民族规范语言写作,恪守创作戒律,追求高雅、均衡、和谐、统一的风格。代表作家作品有:法国高乃依的《熙德》,莫里哀的《伪君子》《悭吝人》等。

【启蒙主义】欧洲18世纪的主要文艺思潮。其特点是:反封建反教会,继续提倡人文主义;同时宣传科学知识,启蒙大众意识,为资产阶级革命大造舆论。代表性的作家作品有:法国伏尔泰的《老实人》、狄德罗的《修女》、卢梭的《忏悔录》,英国笛福的《鲁滨逊飘流记》、斯威夫特的《格列佛游记》,德国歌德的《浮士德》、席勒的《阴谋与爱情》等。

【批判现实主义】欧洲19世纪中期文学艺术领域中占主导地位的文艺思潮。它着力暴露封建制度的腐朽没落和资本主义社会的黑暗,深刻批判现实的罪恶。代表性的作家作品有:法国司汤达的《红与黑》,福楼拜的《包法利夫人》,巴尔扎克和莫泊桑的小说,左拉的《娜娜》《小酒店》;英国萨克雷的《名利场》,夏洛蒂·勃朗特的《简·爱》,哈代的《德伯家的苔丝》和狄更斯的小说;俄国赫尔岑的《谁之罪》,莱蒙托夫的《当代英雄》,托尔斯泰的《安娜·卡列尼娜》《复活》,屠格涅夫的《父与子》《罗亭》,陀思妥耶夫斯基的《罪与罚》《白痴》,果戈理和契诃夫的小说;美国马克·吐温的《百万英镑》等。

【存在主义】流行于当代西方世界的一种哲学和文学思潮。存在主义原是一种哲学思潮,认为"世界是荒诞的,人生是痛苦的"。存在主义把"自我意识"看作存在的核心。20世纪30年代末,存在主义文学在法国兴起。40年代,特别是第二次世界大战以后发展到顶峰。主要作品有萨特的长篇小说《恶心》,加缪的长篇小说《局外人》《鼠疫》等。

【超现实主义】第一次世界大战以后在法国兴起的一种文艺思潮,其影响波及许多其他国家。超现实主义创作的基本原则是"精神活动的自动化""思想的真正官能化"。就是要求写作要绝对无意识地进行。主张下意识、梦境、幻觉、本能是艺术创作的源泉,追求"神奇""奇特"的艺术效果。

【唯美主义】19世纪末流行于欧洲的一种文学思潮,主张"为艺术而艺术",追求文学的形式美和艺术表现技巧。

【象征主义】19世纪末20世纪初流行于欧洲的一种文艺思潮。象征主义的先驱者是法国诗人波德莱尔。象征主义反对自然主义的纪实性和细节描写的真实性,强调想象自由,凭借直觉去洞悉和创造某种不可捉摸的理想世界。之后发展为现代派诗歌运动,代表人物有爱尔兰诗人威廉·叶芝和后来加入英国国籍的美国诗人T.S.艾略特。

【表现主义】20世纪前30年欧美文学艺术的一个重要流派。表现主义作家强调要突破事物的外在表象,往往舍弃细节描写,表现内在世界,用"表现"取代"再现"。

【魔幻现实主义】20世纪中期盛行于拉丁

美洲的一个文学流派。主要取材于拉丁美洲各国的现实,同时借助于神奇、怪诞、巫术、幻觉等手法把现实与幻觉融为一体。这一派把现实主义传统与现代派文学的创新结合在一起,摈弃了欧洲现代派过于闭锁于个人内心世界的倾向,注重反映重大的社会问题,揭露尖锐的社会矛盾。

【黑色幽默】20世纪60年代美国文学中的一个流派。黑色幽默作品以喜剧的形式表现了对世界的悲观主义情绪,以一种无可奈何的嘲讽态度表现世界与自我之间的不协调,并把这种不协调的现象加以放大和扭曲,使之变为畸形,显得荒诞不经,滑稽可笑。

【意识流】20世纪的一种直接再现精神生活过程的文学思潮和小说流派。强调意识活动的流动性和不间断性。法国的普鲁斯特、爱尔兰的乔伊斯、英国的伍尔芙、美国的斯泰因等作家是意识流小说的重要代表。意识流小说要求人物直接表白他的思想意识,按照人物意识的流程结构作品。